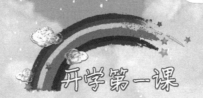

开学第一课

依据国家教育部和中央电视台

联合主办的《开学第一课》活动

"我爱你，中国！"主题拓展原创版

下辈子做你的泪

中央电视台《开学第一课》编写组 编

时代文艺出版社

图书在版编目（CIP）数据

下辈子做你的泪 ／中央电视台《开学第一课》编写组编.—2版.
—长春：时代文艺出版社，2016.1（2023.7重印）
（开学第一课）
ISBN 978-7-5387-4935-9

Ⅰ.①下… Ⅱ.①中… Ⅲ.①中国文学—当代文学—作品综合集 Ⅳ.①I217.1

中国版本图书馆CIP数据核字（2015）第257183号

出 品 人　陈　琛
责任编辑　刘瑀婷
助理编辑　史　航
装帧设计　孙　利
排版制作　隋淑凤

下辈子做你的泪

中央电视台《开学第一课》编写组 编

出版发行／时代文艺出版社
地址／长春市福祉大路5788号　龙腾国际大厦A座15层　邮编／130118
总编办／0431-81629751　发行部／0431-81629755
官方微博／weibo.com／tlapress　天猫旗舰店／sdwycbsgf.tmall.com
印刷／北京市一鑫印务有限公司
开本／710mm×1000mm　1/16　字数／120千字　印张／12
版次／2016年1月第2版　印次／2023年7月第3次印刷　定价／36.00元

图书如有印装错误　请寄回印厂调换

敬启
　　书中某些作品因地址不详，未能与作者及时取得联系，在此深表歉意。敬请作者见到本书后，通过以下方式与我们联系，我们将按国家规定支付稿酬并赠送样书。
　　E-mail：azxz2011@yahoo.com.cn

《开学第一课》编委会

编委会主任：韩　青　许文广

主　编：许文广

副主编：卢小波

编　委：张雪梅　骆幼伟　张　燕　吴继红

　　　　悠　然　冰　岩　王　佩　王　青

　　　　静　儿　刘　歌　刘　斌　李　萍

　　　　一　豪　明媚三月　大路　邓淑杰

　　　　李天卿　曾艳纯　郜玉乐　孟　婧

《开学第一课》的价值

有人问我，《开学第一课》的价值体现在什么地方？我认为最重要的就是全社会希望并通过我们传递出来的价值观。多元是时代进步的标志，我们尊重不同的声音和价值理念，但是作为教育部和中央电视台联手举办的一项公益活动，我们要传递的是主流的、与时俱进又符合中华文明传统的价值观。

在2008年，我们通过《开学第一课》传递了抗震精神和奥运精神；2009年正值新中国60周年华诞，我们在象征着民族精神的长城，为孩子们播撒下爱的种子；2010年，我们告诉孩子们，一个拥有梦想的民族，一个不断仰望星空的民族，就是拥有未来的民族，人生的每一个阶段都需要梦想的指引、坚持和探索，而每个人的梦想汇集起来就可能成为国家的梦想、民族的梦想。

举办《开学第一课》三年来，我个人也有一个梦想，我梦想这项目光远大、朝气蓬勃的公益活动能够坚持举办十年，让它给这一代孩子的成长提供正面的、积极向上的力量，这就是《开学第一课》的意义所在。

我希望全社会的力量汇集起来，给孩子们一种价值观的教育，中央电视台愿意承担使命，连同教育部把这项公益活动做好。我们也欢迎全社会各界积极参与、支持，从出版、纸媒、网络、志愿行动、慈善事业等各个方面，加入到这个追逐共同梦想、打造恒久价值的公益活动中来。

由此，我亦十分高兴地看到《开学第一课》系列丛书的出版，我相信时代文艺出版社正是基于我们共同的理想，以出版的力量为孩子们的未来创造了更丰富的阅读食粮，为《开学第一课》的精神理念提供了更多样的传递方式。

中央电视台 许文广

目 录

003

第六部分　我想变成仙子

第七部分　永不止息的思念

第一部分

天涯赤子心

丘比特的一支爱神之箭改变了世界。他射出箭后的几个月，地球已生机勃勃。再过了几周，整个世界已焕然一新。但上帝略带生气地将丘比特召来："你是不是向人类射出爱之箭了？"丘比特一愣："是的，不过……"上帝不由分说，打断道："这会让人类依赖我们！而且那是暂时性的爱！"丘比特低下头来说："我只不过射了一支箭。"

——劳毅凡《爱的传递》

艰难的寻家之路

万　慧

　　我是一棵树，一棵孤独无助的树。我原本快乐地生活在一个城市里，可那个城市变了，楼房取代了我的位置。于是，我开始了我的寻家之路。

　　早晨，我来到马路上，突然，有几辆车飞快地向我驶来，我来不及躲闪，就被撞了个"四脚朝天"。等我站起来时，又有几辆车像火箭般地飞驰而来，我和车来了个"亲密接触"。"哎呀！我的腰……哎呀！我的腿……"就这样，一个早晨我几乎是在"撞车"中度过的。

　　我伤痕累累地来到了一个锯木厂，我想到自己的同胞被人类切成了几块，不禁打了一个寒战。忽然，一个人发现了我，眼睛闪着亮光向我奔来，我急忙跑了出去。等逃脱之后，我喘了一大口气，心想人类也太残忍了。我鼻子抽动着，几乎要哭了出来。

002

　　过了一会儿，我又振作起来，我决定去看看我的朋友——小溪妹妹，看看能不能住在她那里。我来到了小溪妹妹住的地方，发现她不在家，那里只有一条浑浊的水沟，到处都是垃圾，还散发着一股恶臭。我喊着："小溪妹妹，小溪妹妹。"那条浑浊的水沟突然说话了："大树姐姐是你吗？咳咳……我生病了。"我瞪大眼睛说："小溪妹妹，你怎么变成这样了？""人类的工厂不断地向我排放污水，我现在生病了。咳咳，大树姐姐你快走吧！人类一旦发现了你，就会把你给锯掉，咳咳，快走吧！咳咳……"

　　看到小溪妹妹变成这个样子，我心里十分难过，我想帮助她，可我却自身难保啊！于是，我只好转身走开了，眼泪大滴大滴地掉了下来。

　　坐在硬邦邦的水泥地上，我抬头问星星："我的寻家之路还有多长？"

（指导教师：周静）

地球辞职

连涵瑶

我是地球，今天，我准备向宇宙递交我的辞职信。也许你会问我为什么，哎！这就得怪人类了。以前的我，树木茂盛，河水清澈，空气新鲜，犹如仙境，人们快乐地生活着。看着自己的"孩子"在我的怀抱里幸福地生活，我打心眼里高兴，同时我也要求自己，要做一个有责任心的"母亲"。于是，我对自己的"孩子"有求必应。

就是这有求必应的爱，使我疾病缠身。如今的我，树木稀少，河水肮脏，空气浑浊，犹如一个垃圾场。而我的身上还布满了一个个伤疤，一个伤疤好了，另一个伤疤又出现了，我日日夜夜承受着疼痛的折磨。

就这样，一年又一年过去了，现在，我再也承受不了了。我多么希望人类会变回从前那样，关心我，照顾我，而不是像现在这样，摧残我，污染我，让我未老先衰。我从心底里呼唤：人类，请对我好一点！

可是，我的"孩子们"从来都没有考虑过我的感受。他们毫无节制地在我身上乱挖乱采，一座座工厂被不断地建造起来，一辆辆汽车在四通八达的公路上奔跑。你们看吧，到处都是污染物。我中了毒，我感冒了，我不停地咳着。有的时候我忍无可忍，便大发雷霆，人类终于遭受了泥石流的灾害。我生气地说："哼，看你们还敢不敢这样对我！"同时，我又很难过，毕竟人类还是我的孩子啊！

孩子们啊，我是多么爱你们，可是，我再也无力照顾你们了。我的辞职信就要递交给宇宙了，你们自己多保重，祝愿你们能找到更好的家园。

（指导教师：周静）

第一部分 天涯赤子心

下辈子做你的泪

徐静瑄

妈妈，说好了，下辈子一定做你的泪……

——题记

1

妈妈，我最最亲爱的人，你还记得我吗？我是一朵名叫"冉莲"的云啊！我们分开有多久了，你还记得吗？我只记得，在我很小很小的时候，你的身体就化作一缕青烟，随风而去了。

你去的时候，我哭了。那眼泪，是发着银光的啊，那么美丽，那么绚烂。可是，你看不到了。你看到的只是一片荒芜的大地，你蒙眬中说，你要去拯救人间。

于是你去了，你变成千千万万滴晶莹的水珠，随着风飘向大地……我的泪也跟着你，追着你，只为看你最后一面。

然而现在，我已经不再哭了。不是我不懂得悲伤，是我已经懂得了，一朵云，有它的风华年代，也有它逝去的时候。这个时候，就是它奉献的时候，是它一生中的最后篇章——最幸福的时刻。

那天，云圣女神问我："冉莲，你想下辈子和你妈妈相遇吗？"

我只是沉默。我除了沉默，能怎么说呢？

只记得她——云圣女神，拍了拍我柔软的肩膀，说："那就做你妈妈下辈子的泪吧，不管你妈妈走到哪儿、飘到哪儿，死去或重生，你都能跟着她，只要你爱她——你必须忍受不再做她女儿的痛苦、历经千难万险回到你妈妈的眼眶里的痛苦，并且有可能最终只能化作珍珠悄无声息地死去。你愿

004

意吗？”

"我愿意啊！哪怕为你赴汤蹈火我也愿意，因为你是我最最亲的妈妈。"我郑重地点了点头。

2

当云圣女神来我们这里满足愿望的时候，我把一个粉红色的瓶子交给了她。里面装着我最真挚的两个愿望：一个是在一个月里迅速化为雨滴；另一个是下辈子做妈妈的眼泪。

我变成雨的那天，脑子里很模糊，只有一个信念：要为人间做出贡献！似有似无的半天过去了，我的身子像飘起来了一样，一切苦楚与烦恼都不存在了……也许，这是云圣女神满足我一生的最后一个愿望。

身子还在变轻、变轻……

霎时间，这朵曾经叫冉莲的云，变成了千千万万雨滴，化作了人世间最美的青烟……

我听见了，人们在欢呼，欢呼！

我带着一丝幸福的微笑，变成了一滴晶莹的、苦涩的水，飞入了你的眼眶。

路上到底经历了哪些磨难，我都不知道了。也许，我是咬着牙挺过来的吧！路上，我差点掉入鳄鱼的嘴里；黄沙想方设法地阻碍我的前进……但是，我都挺过来了，为了你，我都挺过来了！

我终于到了你的眼眶里，妈妈！这里好温暖啊，我闻到了那久违的你的气息！我尽情地嗅着，闻着，唯恐这再次离我而去。

妈妈，你感受到了吗？我要出来啦！我转过头去，虽然我本身就是泪滴，但我克制住我的泪。妈妈！我知道，你流泪，是因为你重生变成人不幸福！是吗？人的思想比我们复杂多了。也许你还记得我吧？是真的吗？

我挣脱了你的眼眶……

我只想说："今生做了你的泪，值得……"

3

这是哪里啊，妈妈？我滚落到一片黄沙之中，黄沙在不停地吞噬着我的身子……

我流下了一滴泪。流下了唯一的一滴泪珠。

突然，我感受到我的身子变得火热，我的心燃烧起来了！我感受到了，你记得我，你有一颗炽热的爱子之心！

天空忽然显现出一个人的身影，是你！你那长长的秀发卷起了滚滚黄沙，你把我拥在了怀里！你竟然有了超能力！据说，一个人有着强烈的思念、坚定不移的信念，就可以为思念的人做任何事情，甚至拯救这个人。这就是超能力。

我感受到了，我又流泪了。然而，这次的泪发的不是银光，而是七彩光芒！

这滴五彩的泪回到了我的身体里，我变成了一颗光芒万丈的珍珠。

你毫无顾忌地跳进了河里，留在世间的只有那长发……

世间万物为我和你的悲剧而流泪。

妈妈……

妈妈……

我们说好了，我下辈子还做你的泪，好吗？

（指导教师：王爱琴）

天涯赤子心

何婉婷

又是一个国庆节，我已经好久没有回去看母亲了。我和母亲仅仅隔着一湾浅浅的海峡，为什么可望而不可即？母亲，您知道我有多想您吗？我是您的孩子——台湾！

1997年7月1日，香港回归您的怀抱，1999年12月20日，澳门也回到了您的怀抱。为什么？为什么我还是不能回到母亲您的怀抱？皎洁的圆月挂在天空，母亲，您可知道，我正在思念您。已经六十多年了，我都没有见过母亲一面。母亲，您的容颜还是像往日一样青春吗？您的笑容，还是像往日一样和蔼吗？您的眼睛，还是像往日一样清澈明亮吗？一晃，六十多年了，我是多么想回到您的身边呀！我想靠在您的身边；我想听您讲这六十多年来的变化；我想看看您的容貌是否依旧……可惜，我只能在泪光里，幻化出母亲的面容。

看见国旗在冉冉升起，听见国歌响彻大江南北，看见香港和澳门依偎在母亲您的怀抱里，我那不争气的泪水又夺眶而出。母亲啊，您也在思念我吗？尽管我生活得还行，衣食无忧，不愁吃穿，但我心中有忧愁，有思念。"洋装虽然穿在身，但我心依然是中国心。黄山，黄河，长江，长城，在我心中重千斤。"我放不下母亲，我放不下思念，骨肉亲情，血脉相连，岂能说割断就能割断？母亲，您的生日到了，很遗憾我不能回去为您庆祝，但是，我的心中永远挂念着您，思念着你。夜幕降临，我站在海峡对岸，凝视着您，这种可望而不可即的感受是多么痛苦。我伸出手，却触摸不到母亲，只有在心中为母亲祝福——但愿母亲青春永驻。

母亲，我的母亲，您可听见我在呼唤您？我想靠在您的怀里，被您抚摸，被您呵护。可这一切，究竟要等到什么时候呢？母亲，我好想您！

(指导教师：刘华伟)

人间真爱

雷雄耀

　　秋风起了，冬天快到了，我又要和其他雁伙伴们排成"人"字形飞往南方过冬了。我们历经种种艰难险阻，终于来到了温暖如春的湖南省。在这里，我们是一群快乐鸟，无忧无虑快乐无比地生活着。春节就要到了，街上的人们行色匆匆，脸上洋溢着喜庆的笑容。一切是那么的祥和，那么的幸福。

　　可是这所有的一切，都被一场突如其来的特大降雪打破了！肆虐的寒风把这里的雨吹开了花，一发不可收，持续十九天的雪灾把最初浪漫的雪花化作泪滴、变成恶魔。我们的领头雁说他从来没有听说南方也会下雪，到处是一片白茫茫的，我们凭借自己的爪子和嘴已经找不到任何食物了。原来灯光璀璨的夜晚，现在变得漆黑一团。我们饥寒交迫，忍受着风雪的侵袭和饥饿的考验。此时，我多么希望拥有哈利·波特的本领，魔杖一挥，冰雪消逝，一切又恢复到以前的样子。

　　黑与白这两种单调的颜色成了这个世界的主色。整个世界白天是一片白茫茫，夜晚是一团黑漆漆。突然，这黑白交织的世界里有了星星点点的光亮，同时还伴随着汽车隐隐的轰鸣。哦！原来是抗灾救援队来了。他们带来了各种生活用品，还帮助恢复电网，清除积雪，到处是热火朝天的景象。抗灾的队伍中，除了青壮年，还有老人和小朋友，年轻人爬到电线杆上抢修线路，老人帮助疏导交通，小朋友们为抗灾义演募捐……一支支突击队，一群群志愿者，一个个紧张工作的身影，一张张劳累疲倦的笑脸，用自己的无私奉献驱赶着严冬的冰雪。人们的脸上渐渐写满了希望，而我们雁群也终于看到了希望。

　　我和伙伴们真切地感受到，人间的真爱要比魔法还要强大，只要有爱就没有什么是人类战胜不了的！

（指导教师：张路强）

颠　倒

董鑫岳

今天早上，我学扬琴没有学会新的曲子，爸爸把老师送走后立刻拉下脸来痛骂了我一顿："哼！学费一次五十元，你都学不会新的曲子。爸爸把老师送出去还得点头哈腰，还得赔笑脸，你怎么这么给我丢脸呀！"

我一边听一边"咬牙切齿"地想：我学琴这么辛苦，你自个儿却在那玩着电脑，抽着烟，你要是学的话，一定学一次就不学了。没准你学得还不如我呢。

咦！这是怎么回事？我渐渐地长高了，长大了，而爸爸变小了，变矮了，变成了他儿时那个又小又胖的不懂事的浑小子。而我变成了长大后的样子，又高又瘦，完全不像现在这样。

哈！这回我变成大人了，这就威风了。让我好好享受一下爸爸的生活吧！

变成大人的第一件事，就是叫："儿子，去写作业。"爸爸起初还在那安稳地写作业，可只坐了一会儿，屁股底下就如同有针扎似的。写了没多久，他就跑过来"痛苦"地说："哎哟，我牙痛。哎哟……"哼！我才不吃这套呢！我走过去，揪起他的耳朵，说："还痛不痛，啊？"他连忙说："不痛了，不痛了。"我这才放下他的耳朵。过了大约一个小时，他过来说作业写完了，我开始检查，结果他做得一塌糊涂："哼！你不是说经常考双百，奖状一大摞吗？写这么点作业你就忍不住了，我写多少你知道吗？"我翘起嘴，十分生气的样子。现在我是爸爸，他敢怎么样我呀，我第一次对爸爸有一种居高临下的态度。第二步做什么呢？哦，对了，我的"儿子"爸爸刚才不还骂我学琴不认真吗，我也来让他尝尝弹琴的痛苦吧！哈哈！我冷笑了一下。

打定主意后，我把"儿子"爸爸赶到了我的扬琴旁，对他说："去，把每首曲子弹十遍，待会儿我来检查！"我到另一个房间坐下，起初客厅还有一阵挺清脆的声音，可没到十分钟声音就停了，我立刻赶到客厅，那可恶的"儿子"爸爸已经趴在琴上睡着了。我把他的耳朵揪起来，可他还在和周公下棋，我大吼一声："董江波！"这个"儿子"爸爸才醒过来，我又开始叫他弹琴。

可没弹一会儿，他就跑出来说："我饿了，咱们吃什么呀？"我顿时蒙了，我可什么都不会做呀！这时我才明白了一件事……

原来，父母也有父母的难处，我们应该体谅爸爸妈妈，他们也有自己的苦衷呀！所以，我以后要谅解爸爸妈妈对我的批评。

（指导教师：纪桂英）

好想说声"对不起"

任超男

春天，是我最无可奈何的季节。因为每当这个时候，我——你们讨厌的沙尘暴都会来一次每年必有的旅行。我像往常一样漫步在大街上，来到火车站。

我看到一个熟悉的身影——那个坐在轮椅上的小女孩，听到的还是那句熟悉的话。女孩依偎在妈妈怀里说："妈妈，春天跑哪里去了，我怎么到处都看不到春天？"

我无言，作为沙尘暴，我只能说"对不起"。前几天，我就在北京看到过那个小女孩，当时我正在医院的花园里飞奔，做着令我自豪的事——把黄沙撒在人们脸上、窗户上、地上，眯得人们睁不开眼睛。一个满脸忧愁的妈妈推着一个坐在轮椅上的小女孩。

女孩是微笑着出来的，可当她出来看到我的所作所为之后，眼睛里立刻出现了那不该有的疑惑，嘴角的微笑随即消失。女孩带着哭腔对妈妈说："妈妈，我想看到春天，真正的春天。我不想看漫天黄沙，不想看折断的树枝，不想看飞走的小鸟……"女孩的妈妈蹲下来望着小女孩说："天天，你放心，妈妈今年一定要让你看到真正的春天，美丽的春天。"说完，那个妈妈捂住脸，大概是哭了。

一会儿，我看到那位妈妈向旁边一个房间走去。隔着玻璃，我听到她问一位年老的医生："她还能活多久？"那位医生说："大概到夏天吧，到夏天她就要去了。"说完老医生深深地叹了口气。这位妈妈对自己说："我一定要让女儿在有生之年完成她的愿望，看到美丽的春天。"

没想到今天，我又在保定火车站看到这一幕。

我向女孩走去，只见女孩用围巾围住头轻轻说了一句："我讨厌沙尘暴，我讨厌沙尘暴。"很轻的几个字，在我心里却有着很重的分量。

011

第一部分 天涯赤子心

我停下脚步，我知道我不应该靠近小女孩。

夜幕降临，我来到女孩所在的旅馆的窗前，轻轻吹开窗户，掀开桌子上女孩的日记本，我看到这样一段话：

> 我已经好几年没有看见美丽的春天了。鲜艳的花儿、生机勃勃的小草都失去了本应有的色彩，原本蓝色的天空已经灰暗。每当我出去时都有沙尘暴在破坏春天，如今，我的日子已不多，我偷听到几天前妈妈和医生的对话，我好想看到原来的春天。我已经坐火车到过好几个城市，都有沙尘暴在作怪。我讨厌沙尘暴，春天去哪儿了？

我又轻轻合上女孩的日记本，望了望女孩，走了。我的心似乎被什么东西震了一下，感觉很沉重。

说实话，我也无可奈何，不想这样，但是我实在是无能为力啊！原本我安睡在大地上，日子十分平稳，但是有一些人把树木砍去，牛羊把草吃光，我就是不想飞也不行啊。

作为沙尘暴，我深感愧疚，但我实在不想这样……

好想说声"对不起"。

（指导教师：杨晓辉）

非常庭审

潘云浩

　　上法庭应该是比较常见的，可是这次庭审，可不比其他的庭审。法官：太阳。原告：地球。亲友团：月球、土星、木星、火星……被告是人类，而他的亲友团则是各个国家的领导人。

　　随着太阳的木槌"哐当"一声敲击桌子，开庭了。可是，地球迟迟未到，法官大声喊："宣原告上场。"台下一片寂静，不见地球的身影。法官再次喊道："宣原告上场。"过了一会儿，地球一瘸一拐地走了上来，手上还打着吊针，整个人上气不接下气，有几次差点摔倒了。木星和土星见了连忙扶着地球，人类代表见了大吃一惊，脸色苍白。我猜他们一定很惊讶，自己的家园竟变成了这样。

　　法官问道："原告，你为什么投诉人类？"地球回答说："法官大人，我以前天天希望有一些高智商的生物能生长在我的身体里。现在实现了，可他们竟大量地开采资源，那些电钻钻进了我的身体，使我非常痛苦。"法官听了说："被告，你说一说。"人类代表说："人类需要资源，这也很正常。"火星听了很生气，对法官说："法官，人类等地球灭绝了，就会去别的星球，终有一天，宇宙也会被毁灭。"法官听了觉得有道理。

　　地球接着说："法官大人，人类不加节制地破坏我那美丽的'绿衣服'——森林，还破坏了我的'血液'——水，让我变成这个样子。"人类代表听了一时不知道该怎么反驳。最后，太阳宣布：地球胜诉，人类罪大恶极，判处死刑。可是地球听了却极力阻止，说："法官大人，人类是我的孩子，所以我恳求法官给人类一次悔过自新的机会。"地球的亲友团听了，马上去劝说地球。月亮说："姐姐！人类都把你弄成这样了，你还保护他们，你是不是傻了呀！"

　　人类听了，心里很惭愧，下决心要善待地球。

（指导教师：周静）

第一部分　天涯赤子心

爱的传递

劳毅凡

地球，公元2099年。这时的科技十分发达，高楼大厦、立交桥已属常见，有钱人还可以买到私人飞机，开汽车显得老土了。

发达的社会，并不代表爱的存在。人们的脸上死气沉沉，你我之间钩心斗角。只有孩子，最纯真、最善良，但每况愈下。

上帝实在看不下去了，他派出爱神丘比特去调查原因。经过一段时间观察，丘比特发现：人们对他人的戒心太重，与他人交友完全是为了利益，这些人不明白爱的意义，一心只想着金钱……丘比特忍无可忍，降临在一个不懂爱的孩子的家里。孩子吓得呆若木鸡。

丘比特拍拍孩子的头，问："你知道什么叫爱吗？"

魂飞魄散的孩子紧张地说："爱？爱就是……"他突然捡起一个东西，向丘比特扔去。丘比特闪开，叹着气说："地球人完蛋了。他们只想着攻击别人！"丘比特抽出一把箭搭在弓上，向孩子射去。爱神的箭，能让被射者充满爱。丘比特擅自射人不能超过一个，但即使这个孩子充满爱，又怎能挽救所有人呢？丘比特张开翅膀，悲伤地飞走了。

意外的是，那个孩子和以前比变得判若两人。他见到有人摔倒，立刻前去搀扶；他见步履蹒跚的老年人上公交车，立即让座；他对同学、老师都亲切无比，还很乐于助人。一天，他被一个大同学欺负，毫不犹豫地告诉了老师，但老师给大同学记过时，他又承认自己有些责任。事后他又送给那位大同学几块巧克力，甜蜜地笑着，说："大哥哥，你好厉害！可以做小同学的保镖喔！我们做朋友吧，多一个朋友，少一个敌人。"那大同学的脸"刷"地红了，一直红到脚跟。

那大同学回家后，经常给父母捶背捏肩、端茶送水；上学时，保护着许多低年级同学。低年级同学也学会保护了，他们爱护着自己种植的花草树木。树结果子了，他们拿去送给邻居，与邻居玩得不亦乐乎。那些邻居也喜欢上了拉家常，他们给远亲寄信表示真诚问候；他们的远亲也懂得了关心同事与友人；这些同事与友人也……

　　丘比特的一支爱神之箭改变了世界。他射出箭后的几个月，地球已生机勃勃。再过了几周，整个世界已焕然一新。但上帝略带生气地将丘比特召来："你是不是向人类射出爱之箭了？"丘比特一愣："是的，不过……"上帝不由分说，打断道："这会让人类依赖我们！而且那是暂时性的爱！"丘比特低下头来说："我只不过射了一支箭。"上帝半信半疑地使用法术查看，恍然大悟："原来人类使用了'爱的传递'！他们终于懂得了美丽的爱，并将爱的能量传遍了整个世界！"

（指导教师：曹欣雨）

第一部分　天涯赤子心

灵蛇之泪

吕丹彤

诡异的密林里，飞快地闪过一个青绿色的蛇影。"灵姐姐，吓坏了吗？"绿儿装着害怕的样子冲我吐了吐舌头，我长袖一挥立刻把她定在了那儿。"灵姐姐，你好厉害，我打不过你，放开我吧！说真的，我想不通，做一只无忧无虑的妖多好，你干吗非要想方设法地修炼成人呢？！"我凝思片刻说："绿儿，你不知道……"

1

没错，我灵儿是只蛇妖，世人认为我是神人魔三界中最无情的灵蛇，除了绿儿，我对其他的人就只有一个字——杀。可是真实的我多么想拥有一颗心，一颗充满爱的真心啊！

时间在一点一点地流逝着，五千年的时间宛如流过岩石的溪水，慢慢地改变了很多人，也改变了很多事，但是我那个愿望却如天边那颗最闪耀的星星，从来不曾改变过。

终于，在一个月光似水的夜晚，我青绿色的蛇尾慢慢消失，散发出一道白色的光芒，取而代之的是一双如玉般的双腿。我轻轻地扬起嘴角，心中满是激动的喜悦。

我朝着东边的城镇走去。身后留下的是躲在一旁暗自低泣的绿儿："灵姐姐，你真的不会后悔吗？"她如花般的眸子里透出一丝担忧。

2

我抬眼望着漫天的星星，绿儿的话回响在我耳边，挥之不去。"灵姐姐，值吗？用五千年去换五天，虽说你可以得到一颗永不泯灭的真心，但五天过去你就会魂飞魄散，永远消失在这个世界上了！"

"不！"我喃喃道。突然一个小男孩的呜咽吸引了我的注意，那久违的疼惜居然奇迹般地出现在我的心里。我走到那小男孩身边，柔声问："小弟弟，怎么了？"他像只受惊的小动物，立刻躲闪在一旁。我再三追问，他才平静下来，说："村子里最近染上了一种可怕的瘟疫，我的亲人都去世了。呜呜……"瘟疫？难道是瘟神？！我脑子"嗡"地一震。这瘟神我从小就有所耳闻，不仅凡人怕它，连我们这些妖类也让它三分。

3

走在冬夜傍晚的小路上，我脑海里反复涌现出瘟神狰狞的面孔，心不由得紧紧一缩。"啊——"林中一声尖锐的叫声令我停下了脚步。糟糕！是那个小男孩，还有瘟神。

一千年前，我和绿儿曾拼死与瘟神一战，我和绿儿的法力都不弱，可那次还是战败了，虽说没有魂飞魄散，但我们都身负重伤。怎么办？要不要回去？最终，我还是战胜了自己的胆怯。

我深吸一口气，使出了幻影咒，幻影将瘟神引到了一边，成功了！我抓起小男孩，立刻施展轻功向林子外面奔去。"是谁？"耳畔响起了瘟神阴沉的嗓音。糟了，它发现那是幻影了，眼看瘟神要追上来了，我该把小孩丢下逃跑吗？不，不可以。天！我的心什么时候变得这么软了。瘟神的魔掌马上要伸过来了！不过，我绝不可以将小孩扔下。我闭上了眼睛，等待死亡的降临。"嗖嗖——"我睁开眼睛，却看见绿儿正舞着剑花与瘟神周旋。我赶紧举剑出鞘，也用尽全力向瘟神刺去。一不留神，绿儿中了一记瘟神掌。她无力地说："灵姐姐，我受了内伤，支持不了多久了，咳咳——快走。"再一回头，看到身后的小孩也晕倒了，苍白的唇边流着一行鲜血，显得楚楚可怜。突然，我想到了主意，冲着他们喊道："姐姐绝不会让这个瘟神伤害你们的！"绿儿惊道："灵姐姐，你要做什么？"

我没有回答她，只是缓缓闭上眼睛，朱红色的身体在天空中慢慢上升，最后我用尽力气将自己的千年真元逼了出来……随着瘟神的慢慢消失，我感到自己的生命也在消耗，我再一次望了一眼绿儿和小男孩，眼角闪出一颗暖暖的泪珠。

4

其实我早就知道，只要付出自己千年真元和一颗充满爱的心，便能克制住瘟神。绿儿，小男孩，你们是我所爱的人，我不后悔，绝不后悔。

我终于明白，唯有付出和牺牲，才是真爱。

（指导教师：贾会英）

文具们，快来领奖

张婴婴

要问什么东西在我的学习上帮助最大，那就要属天天陪伴我、日夜守护我的文具们了。夜深人静的时候，它们总是默默地待在笔袋里，一声不吭。当需要的时候，它们总会及时出现在我面前。今天，我就要给文具们发个奖。

默默无闻奖

铅笔，是学习中给我帮助最多的学习用品。它披着一件黑红色的皮袄，头上有一个红肿肿的"包"，随时面临着被刀割的痛楚。但是它忍着痛，坚持为我服务。它的兄弟姐妹们都穿着华丽的时装，只有它和它的弟弟披着深绿的"皮袄"。但是它从不气馁。如今它"下岗"了，由圆珠笔、钢笔来顶替它的位子。但是，在画画的时候依然能看见它的身影。所以，我要给铅笔发"默默无闻奖"。

知错就改奖

橡皮，也是平时所必需的学习用品。它很强壮，肌肉结实。它会变魔术，有时变成平平常常的正方形，有时变成字母A、B、C……可有意思了！但它的特征不仅是魔术，还是更有用处的"知错就改本领"。只要铅笔一犯了错误，它就会毫不犹豫地指出来，再纠正它。所以，只要你看见了铅笔的身影，就会看见橡皮的身影。它们是形影不离的好朋友。所以，我要发给橡皮"知错就改奖"。

变化多端奖

尺子，是数学课中最需要的学习用品，它身上标有数字，可以画直线，可以画线段，还可以画波浪线等。我就给尺子发个"变化多端奖"吧。

还有些文具我就不一一发奖了。对了，我还要叫我的文具来领奖呢！

（指导教师：范磊）

寒潮无情人有情

肖 童

大家好！我叫寒潮，手下有个兄弟叫冻雨。我们俩去的地方可多了，到处都留下了我们的足迹。这不，前几天，我们就去了趟中国的南方，到那里转了转。到了那儿经历了那么多事，我才明白一个道理：寒潮无情人有情。

记得那天，冻雨说道："哥！咱换个地儿吧！""是该换了，老在这儿待着有啥劲？要不咱去中国的南方转转吧，听说那挺暖和，要不咱俩去给它降降温？"我托着腮帮子说。"行！说走就走！"我俩配合默契，一前一后地到达了中国的南方——贵州。我们把那作为第一个落脚点。

当时是个晚上，人们都在睡觉。我想，该到我施法的时候了。紧接着，鹅毛大雪从天空中飘落下来。这一点，那一块，把大地瞬间变成白色。树上、屋顶上、车上、地面都被冰雪所覆盖。真是"忽如一夜寒潮来，千物万物全变白"呀！

第二天一早，人们起床，向窗外一望，大吃一惊。有的人还说这是梦。为了证实这不是梦，也为了让人们清醒，我猛扇了一下胳膊。霎时，一股刺骨的寒风打在人们脸上，估计像针扎一样。人们这才恍然大悟，使劲缩了缩脖子，关上了窗户，纷纷找出多少年不穿一次的羽绒服。看到这些，我非常非常开心。因为我的威力提升了几十倍。哈哈！

到了晚上，冻雨说："哥！哥！一点都不刺激，人们都拿出羽绒服来防备。不过，咱们可以多到几个地方，让别处的人们也感受感受冷空气。当然还可以在电线杆上裹上一层厚厚的冰。把他们的输电、通讯线压断了。反正也没什么事，大不了让他们来修呗！"说到这里，冻雨的嘴角泛起了一丝笑意。我犹豫了一下，说："行。"

说着，我和冻雨兵分两路，分别去干"好事"去了。我负责给其他地区降温，冻雨负责破坏电线、电杆去了。"我下，我下，我下下下！我刮，我刮，我刮刮刮！”我嘴里念念有词。

又一夜过去了，我和冻雨同时到达了集合地。“我，我在电线外裹了大约长达十五厘米参差不齐的冰。”冻雨兴奋得连话都说不好了。而我呢，则不紧不慢地诉说着我的成果：“我让地面上的雪深近半米，汽车根本不能行走，而且气温一下子降到了零度以下。真痛快！”唉！当时，只顾自己痛快了，我根本没想到给当地居民造成什么样的后果。现在，只要一想起这件事就觉得自己当时太过分了。

第三天来临了，事情像我们想象的那样：输电和通讯的线路断了，许多城市供不上电，工厂无法开工，晚上人们只能点蜡烛；铁轨上全是冰，火车开不了，回家过年的人们只能滞留在火车站。我和冻雨看到这些，还为自己的威力无比而沾沾自喜。

可是，当我们兄弟二人到公路上准备再下几场大雪的时候，看到公路上滞留着许多汽车，一辆接一辆停在公路上，像一条长龙。这时，远处有几辆绿色军用卡车正慢慢地向公路这边驶来。刚开始，我和冻雨认为这只是来给滞留在公路上的司机送饭的。可是，令我们没有想到的是，这几辆车中不仅有食物，而且还有许多战士。这些战士一下车就投入了战斗。他们身上只穿着一件薄薄的外衣，有的战士连手套都没来得及戴，就拿起铁锹铲雪。面对这么冷的天气，他们谁都没有抱怨，都使出自己最大的力气为公路铲雪，想尽早让滞留在公路上的人们回家。看到这一幕，我和冻雨被触动了。我们临时决定，先不在公路这儿下雪了，换个地方看看。

紧接着，我们来到了火车站。到了火车站，我们看到许多旅客滞留在这里，许多警察在维持秩序。忽然，看到不远处有一大群记者举着摄像机围在那里。怎么回事？要不我也过去露两手吧！刚走到那里，才发现被摄像机包围的不是别人，竟是温家宝总理！温总理千里迢迢来到贵州火车站，慰问这些滞留的旅客，并告诉他们：“组织上一定会安排好你们的，会尽早让你们回到家中的……”听了这席话，我和冻雨被感动了。再回想刚看到的公路上的一幕，我们决定放弃实施破坏计划。但我们还是想到山上去看看，看看那的输电、通讯的线路怎样了？说话间，我和冻雨连夜赶到了山上。

到了山上，更让我们大吃一惊。电力工人和战士们抬着沉重的工具艰难地从山这头，走到山那头。还有的电力工人，顶着风雪，冒着严寒，爬到电线杆上，用被冻得通红的手，一点一点地凿着厚厚的冰。这其中许多人放弃了和家人团聚的机会来维修电线。几乎每天，在他们的队伍中都有受伤的，比如手被冰扎破了，脚崴了，摔伤了……可是没有人抱怨，仍旧坚持工作。据说，有一支来自唐山的救援队伍，他们有的才十几岁，有的都六十多岁了。他们来到南方后，水土不服，身体不适，但他们从没有向组织提起过，仍坚持工作。

　　我和冻雨被深深地触动了，同时为自己的"胡作非为"后悔万分。我们决定，离开这里，到一个没有人知道的地方吧。"再见了！愿好人有好报吧！"我在心里默默地祝福着……

（指导教师：杨晓辉）

爱心永存

陈　璐

　　文文刚把小树苗栽进土里，神奇的事情就发生了：小树苗如猴哥当年见到的定海神针一样，越长越高，一眨眼的工夫，它已摇身变成了一棵粗壮挺拔的大树。文文的眼睛瞪得大大的，嘴巴也张成了"0"形。

　　就在文文惊呆之时，树底下一道璀璨的光芒闪过，这光直传到每一个树枝上，树上立即挂满了金光闪闪的东西。文文揉揉眼睛，定睛一看，这不是做梦吧———一块又一块的金币都要把树枝给压弯了。

　　"难……难道……这是……摇钱树？"文文抱住树干使尽吃奶的力气一摇，一阵"叮叮当当"的声音过后，地上尽是金光闪闪的钱币。他抓起其中一枚，放在嘴里一咬，是真的！文文高兴极了，这么多钱，该干啥呢？

　　正在文文浮想联翩之时，传来一阵敲门声。

024

　　"谁呀？"文文边说边打开了院门。门口站着一位七十多岁的老奶奶，她的头发乱蓬蓬的，脸上的皱纹纵横交错，颧骨高耸，双腿在寒风中直打哆嗦。

　　"孩子，行行好吧，我儿子得了癌症，你捐点儿钱救救我们吧！"老奶奶颤抖的嘴唇里挤出了一句话。

　　文文不禁打了个冷战，何等可怜的老人呀！年纪那么大了，还要为儿子奔波，这就是母爱！天下的母亲都是一样的———一样地爱孩子！文文心中涌起一阵感动，她用手握住老奶奶那枯瘦的手，扭头看了看院中那棵神奇的摇钱树，心想：老奶奶需要这满地的金币！她走到摇钱树下，拾起一枚枚金币，把它们全部送给了老奶奶。

　　老奶奶看着文文，激动得流下了眼泪："孩子，你真是个好心人！这几天，我不知敲了多少人家的门，大多数人送给我的只是冷眼和一枚硬币。只有你热心慷慨地帮助了我，谢谢你！"

"不客气！帮助有困难的人，是天经地义的事情。以前，我得到过别人的帮助；今天，能帮助您，我很快乐！"文文笑着说。

文文话音刚落，一道光在她眼前闪过，老奶奶不见了，一位美丽的姑娘出现在文文眼前，原来她是爱心王国的天使。天使拿出一根水晶棒说："孩子，你成了今年感动地球的'爱心使者'。你有一颗诚实的心、一颗乐于助人的心！这根水晶棒就送给你当礼物吧。"

文文郑重地从天使手里接过水晶棒。就在那一刻，满天繁星出现了，星星们组成了一行大字："爱心永存，世界就会更加美好！"

（指导教师：林巧铃）

第一部分 天涯赤子心

许愿树

汪 禹

有一天，快乐星球的多面体培育了一棵神奇的小树苗，为什么说它神奇呢？因为它一栽进土里，就会长成大树结出果子，每摘一个果子就可以许一个愿望，当果子全部摘完了，那棵树就会自动消失。

多面体带着那棵神奇的小树苗在宇宙中翱翔。突然，黑暗星球的战船把多面体的飞船打得破烂不堪。在这危急时刻，多面体连忙打开船舱，把小树苗抛向了地球。

东东在路边玩耍的时候碰巧捡到了这棵神奇的小树苗，他连忙把小树苗拿回家，栽在了院子里。神奇的事情发生了，小树苗很快长成了挺拔的大树，上面还结了三个果子，东东把果子摘下来，大树"嗖"地一下消失了，东东大吃一惊。

东东带着从树上摘下来的三个果子，一边走一边想，百思不得其解。走着走着，东东不小心摔了一跤，腿都跌破了皮，他边哭着边自言自语："要是我的伤马上能好，那该多好啊！"他的话音刚落，伤口马上就愈合了。东东摸摸口袋，发现口袋里的果子只剩两个了，这下他明白了：原来一个果子可以实现一个愿望！

东东又在路上悠闲地走着，突然他看见一个小男孩在椅子上坐着，便问那个小男孩："你怎么不和其他小朋友一起玩啊？"

小男孩说："因为我的腿瘸了，走不了路。"

东东连忙对着一个果子说："快让这个小朋友的腿好起来吧！"

话音刚落，小朋友的腿瞬间就好了。小朋友连声说着"谢谢"，蹦蹦跳跳地跑开了。

东东又接着走，在路上他看见有个老爷爷被强盗拦劫，可是他只有一个果子了，怎么办呢？突然，他想出了一个好办法，于是说道："快让全世界的坏人都消失吧！"话音刚落，两个强盗立刻就无影无踪了。

最后，那三个果子变成了天上的三颗闪亮的星星，守护着地上善良的人们。

（指导教师：刘冠岑　熊慧玲）

第一部分　天涯赤子心

老树精的魔法

李 楷

沉睡了三千年的老树精醒来了。他醒来的第一眼就看见人类正在毫无节制地砍伐树木，于是他许下了一个诅咒：五十年后，人类将和树调换生存环境。说完，老树精喃喃地又睡着了。

转眼五十年过去了，老树精醒来时，发现自己躺在一个山洞里，森林里的小公民们围在他的身边，诉说着森林中的往事——

"自从树木变成人以后，他们为了报仇，一棵一棵更加肆无忌惮地砍树，砍得树鲜血直流，大地都被染红了。邪恶的污血让森林里的一切都变了样儿。我们都无法生存下去了。最后，他们的屠刀落到了您庞大的身躯上，可您还在熟睡之中，多亏小猴子把您的灵魂偷出来，您才能再次醒来。"

老树精迷迷糊糊地说："我现在是在哪儿？"

028

老虎接过话茬儿："尊敬的老树精呀，我们现在是在长白山天池的最底部，好心的水怪收留了我们，给我们一个喘息的机会。可是您的子孙们又觊觎上了这水中世界，水怪也快没办法了。"

就在这时，水怪带着兄弟们走了进来，说："老树精，您终于醒来了。"水怪把这五十年发生的事情一五一十地告诉了老树精。

突然，章鱼来报告："水怪呀，世界上所有的动物都来咱这天池避难了。"

水怪对老树精作了个揖说："前辈，你先好好休息，我去安排一下，马上召开一个紧急会议。"

不一会儿，老树精走进了天池的最深处，只见大家早已等在那里。

尼斯湖水怪抢先说："在美国，由于人类过多释放二氧化碳、氟利昂等气体，使得温室效应遍及全球。美国上空已经没有臭氧层了，强烈的宇宙射线使得美国人基因突变，变成了形态各异的怪物，我的尼斯湖被这些怪物霸占了，我只好上大哥这儿来避难了。"

大脚怪也发言了："老树精呀，你的子孙变成人类后太无法无天了，竟自不量力向外星人发起了进攻。外星人被激怒了，如今他们准备用陨石攻击地球，我从珠穆朗玛峰的峰顶看得一清二楚。一旦陨石发射，地球就要遭到毁灭性的打击。"

老树精严肃地说："谁愿意和外星人去谈判？"

九头鹰叫道："我去！"话音刚落，只见它凌空展翅，消失在冥冥苍穹之中。

天山的深处是地球的地脉之处，是地球的根，是世界上最后一片净土。只有在这儿，天还是蓝蓝的，依稀还能看到闪烁的星星。

一个外表丑陋的家伙发言了："想必大家不认识我了吧？我就是世界上最大的动物蓝鲸呀！"大家惊讶地盯着它的"尊容"：瞧，它的尾巴已经称不上是尾巴了，露出森森白骨；四只鳍进化成了有力的魔爪；眼睛变成了两只黑洞洞的窟窿；皮已经变成硬硬的铠甲。这就是我们眼中的鲸鱼吗？鲸鱼说："甭惊讶了，我要不是这副模样，早已被污染的海水腐蚀得一干二净了……"

正在这时，一副叽里当啷的骨架走了进来，整个身体只剩下一块坑坑洼洼的头皮了。大家下意识地往后退了退。水怪正要叫卫兵，骷髅发话了："大家听我说，我也是一个被变成树的人，当树对我们实行血的洗礼时，我是残存下来的一棵。我的根没有被挖走，吸收了那些邪恶的污血，就变成了这副模样，真是罪有应得。"

穿山甲也来凑热闹："唉，人们大肆开采各种资源，使得我无家可归，他们深入地下过度采矿，导致地面大面积塌陷。还有不少国家露天开采，严重破坏了自然生态链，植被遭到毁灭性的损坏，水土流失、泥石流、山洪、台风、龙卷风随之而来。植被的大量流失，导致了沙漠正在以惊人的速度吞噬着我们赖以生存的空间。我已无家可归了！"

北极熊、海豹、企鹅异口同声地说："人类太无节制了，温室效应导致龙卷风频繁发生，毫无规律可循。臭氧层漏洞越来越大，最终臭氧层完全消失在浩瀚的宇宙当中。后来人类出门都穿高温隔离服，拿着紫外线防护伞，戴着隔音耳机。人类知道全副武装自己，可我们已经被伤害得体无完肤啦！"

这时，素有"沙漠之舟"之称的骆驼站了出来："由于人们大量砍伐树木，导致沙尘暴肆意横行，连我那又厚又密的眼睫毛都奈何不了它。沙漠正以每年几千米的速度覆盖绿洲。"

此时，一直默默无闻的小鱼小虾也发言了："由于人类排放的污水越来越多，水中的有机物质与日俱增。微生物的疯长，导致海洋频繁发生赤潮。我们九死一生，逃到这里，已奄奄一息了！"

他们正在争论的时候，从他们的脚下传来了一个巨大而沉闷的声音——地球爷爷发话了。

"咳咳！"地球爷爷皱着眉头不快地说，"人类真是太不像话了，我慷慨地供应他们生活的基本条件，他们却肆意抽我的骨髓——石油；吃我的肉——煤炭；还给我的肺——森林——做大手术；给我来个大换血——赤潮；把我那绿油油的头发——草原——变成了光秃秃的脑壳——沙漠……人类也该收敛一下了。"说完，地球爷爷陷入了沉默中。

无奈之下，老树精爷爷动用了它的最后一个魔法，把地球上的人类又重新变成了树木。

一阵暴雨过后，大地恢复了昔日的安宁，天空又变得蔚蓝，河水清澈了，花草树木都茂盛了起来，变异的生物还原了往日的姿态……

老树精爷爷喃喃地说："让地球休养生息几亿年吧！"

人类的又一个轮回开始了……

（指导教师：陈延龄）

一支玫瑰的命运

陶　略

　　我是一株玫瑰花，安静地生长在盛满阳光的美丽花园之中，在园丁的精心照料之下，我幸福地绽放着自己的美丽。

　　一个清晨，我睁开惺忪的睡眼，像往常一样伸了一个懒腰，天呀，我发现自己竟然躺在一辆轰隆隆的卡车上！园丁把我的花和茎剪了下来，根却留在了花园里。

　　不一会儿，我被运到了一个芳香四溢的花店。花店有着大大的落地窗和漂亮的白色陶瓷花瓶，当然还有许许多多美丽的花儿，浪漫的薰衣草、高贵的郁金香、清雅的马蹄莲、纯洁的百合花。夕阳西下，花儿们在橙色落日的映衬下，格外动人……

　　夜幕降临了，闪亮的星星堆满了整个夜空。我兴奋得睡不着觉，怀着满满的憧憬和伙伴们讨论着我们的命运：会被谁买走，带去哪儿，又会发生怎样的故事。

　　太阳公公爬了上来，天亮了，很快，我和伙伴们就被几个年轻的女孩子买走了。走啊走啊，我们被带到了灯火闪亮的体育馆，哦，原来，这儿正在开演唱会呢。

　　歌手们在舞台上很投入地唱着动听的歌儿，歌迷们挥舞荧光棒还将我们亲手献给了自己心爱的歌手，我们在舞台上尽情绽放着我们的美丽，那么骄傲。

　　演唱会结束了，整个舞台黯淡了下来，我们被歌手遗弃了，悲伤地躺在落满灰尘的地板上，无助地流着眼泪。

　　不一会儿，一个清洁工大叔走了过来，他怜惜地望着我们，又小心翼翼

031

第一部分　天涯赤子心

地将我们装进他的粗布书包里。我们跟随大叔回到了家，大叔把我们作为礼物送给了自己的女儿——一个眼睛大大的小女孩。灯光下，女孩轻轻地抱起我们，甜甜地笑了，那个笑容很亮很亮，仿佛遥远天边一颗闪亮的星。我和伙伴们也幸福地笑了，那一刻，我们无比快乐……

（指导教师：李玄清）

天使也有爱

曹雨萱

人们都说，神仙不食人间烟火，怎么会拥有人类的情感和品质，更何况是最纯洁的爱。可是，今天我要告诉你，天使也有爱。

在那高远而神秘的天上，住着一群天使，她们有的可爱，有的冷漠，有的古板，有的善良，秉性各异。她们在天上快乐地生活着，虽然偶尔也会闹点小矛盾。

有一天，四只顽皮的小鸟飞到了高空。四个天使分别留住了一只小鸟，让它们在这里多玩几天。于是，四只小鸟就美滋滋地留下了。几天后，当它们要离开时，除了可爱天使留住的鸟儿，其他三只鸟儿都受了伤。于是，天使们便再次挽留受伤的三只小鸟，负责照顾它们，直到痊愈。可爱天使把留在它那的鸟儿打扮得像只孔雀，让它先回去了。

可是，这只花枝招展的鸟儿被可恶的猎人发现了，猎人用猎枪打死了它。

冷漠天使一开始还热情地照顾受伤的鸟儿，但后来就不管它了，最终，这只鸟儿因为伤口的发炎和难耐的饥饿而死掉了；古板天使认为鸟儿受伤了，应该在笼子里养伤，不能和其他小鸟玩，一运动，会把伤口再次撕开，所以，这只小鸟在孤独中也离开了这个世界；而善良天使照顾的鸟儿，每天都能吃到可口美味的食物，每天都被照顾得周周到到，善良天使还为它唱歌、跳舞，和它做游戏，于是不久便康复了。

康复的小鸟经常到天上和善良天使做游戏，其他天使很不解，善良天使对大家说："每个天使心中都应该有爱，如果没有爱，这个世界就会不成样子。"

以后的日子里，天使们还是性格各异，但每个天使都懂得了：不论是人还是天使，心中都应蕴含着纯洁的爱，这样世界才会变得美好。

（指导教师：薛冬梅）

梦到的爱

李阶瑾

我做过一个梦，梦里的我心中充满爱；可我梦到的，是我从来没有拥有过的一种爱。

"咚、咚、咚"，刺耳的敲门声把我惊扰了，我从商店的椅子上站起来去开门，我看到门口站着一位老奶奶，她高挺的鼻梁上架着一副又大又圆的老花镜。

这位老奶奶可怜巴巴地看着我说："这有抽奖的吗？"

我点了点头，便请她进来，心里想着：这是谁家的老奶奶，这么晚了怎么还来抽奖？真是奇怪。

她环顾了一下我的商店问："多少钱一次？"

"一角一次。"我说。

她举了举手里的皱巴巴的一元钱说："一元钱十二次行吗？"

我立刻摇摇头，便想打发她走，可她在那一动不动，眼泪好像都出来了。我看她可怜就依了她，她马上就笑了。

一次一次地抽奖、刮奖，她就像没长大的孩子似的，抽中了高兴得跳起来，没抽中就像个孩子一样嘟起了嘴，样子很伤心。

"十二次到了。"我说。

"哇，哇。"她一下子坐在地，把眼镜扔在旁边哭了，泣不成声。

"喂！老人家，您，您别哭啊！怎么了？您都抽中了五个还不算多啊！"

她哽咽着说："还差一个布娃娃。"

我愣了一下后，抓起一个布娃娃给了她。她马上就高兴地站起来，用手指着一个破旧的鞋子说："把这个也给我吧？"

我怕她会在这赖着不走，便都给了她。她高高兴兴地走了。

我刚要准备睡觉，发现地上有一个闪闪亮亮的东西。一看，是老奶奶的眼镜。我连忙走出去，看见一个身影，拐到了一个小巷子里，连忙追上去，刚到巷子口，就听见有两个小孩笑着说："姥姥，我要那个。姥姥，我要这个。""好，好，姥姥都给你们。"我加快脚步走了上去，突然手里的眼镜变成了金子……

　　"丁零零……"闹铃声敲打着我的耳膜，阳光哗啦啦地泻在我的床上，我回忆了一下这个梦境，我知道，梦里的爱，我曾经没有，但从这一刻开始，就有了。

（指导教师：王恩福）

第一部分　天涯赤子心

寻 找 爱

王美欢

很久很久以前，在一个很大很大的国家里，有一个国王。这个国王爱钱，爱势，爱地位，爱他得到和拥有的一切……他什么都爱，可是他却没有真正的爱。这个国王很奇怪地想：我要什么有什么，为什么却没有真正的爱呢？正在纳闷的国王突然有一个好办法——把寻找爱的告示贴出来让大家来帮助他。国王抓住了他脑间的这个一闪而过的念头，然后吩咐士兵们去做。于是士兵们在皇城里贴出了这样的告示：谁能帮国王找到爱，赏黄金一车。

这告示一贴，有很多人都来找国王出主意。

这天早上，国王起了床，坐到椅子上，看到整个花园都快没有落脚的地方了，于是，便让人们一个个讲述自己的办法。人们七嘴八舌，但没有一个人的主意是管用的。于是，熙熙攘攘的人群最终都不见了。

就在国王要放弃时，来了一个提着竹笼、皮肤黝黑的渔夫。国王看到他，对他充满了不信任的感觉，想直接打发他走，但他觉察到了渔夫满脸幸福的表情，信任的心苗渐渐破土而出，于是国王问："你有什么办法？"

渔夫说："我的办法很简单，我这个笼子里有一些小动物，只要国王您把它们养大，那么你就会找到爱，前提是必须是国王您自己养，要不然您连一丁点儿的爱都找不到。"

国王听了渔夫的话，半信半疑地照做了。

渐渐地，国王发现，小动物们的快乐成长让他感到很开心。而国王也发现了一个道理：爱就像一个幼苗，需要你的呵护、爱护和保护。

当国王有了爱时，他去给渔夫送赏，渔夫说："我不会要你的钱，因为钱不是全部，它可以买到你想要的东西，可是它买不到爱。虽然我住的不是豪华的房子，但我有自己的家人，我每天回到家，看到妻子幸福的脸，听到孩子快乐的歌声，我就明白，爱一直在我身边。"

（指导教师：贾平）

第二部分

遇到您真的很不错

　　爸爸，您的爱像一根蜡烛，火焰不那么热烈，却总是在我最需要的时候照亮我的行程，永远不会熄灭；爸爸，您的爱像一座高大而古老的城堡，虽然有些久远，却蕴含着沧桑的内涵，永远不会倒塌；爸爸，您的爱像一条小溪，虽然没有汹涌的波涛，却柔和悠长，永远也不会断。

——蔺小婧《父爱无言》

照片上的爱

陈肖艾

那天，我和妈妈整理相册。我翻开了一叠照片，全是我小时候照的，有的已经泛黄了。妈妈让我翻开照片的背面，我一看，几乎每张照片后面都有一段描写照片上情景的字迹。这是爸爸的字！

一张照片勾起了我的回忆。照片上的我大概只有两三岁，留着一副男生头，一根根头发刷子似的立着，身上却穿着一件连衣裙，像一个身穿裙子的小男生。我依稀记得，那时爸爸举着相机，一边按下快门一边说："笑一个！"照片的背面写着：肖艾剪男生头的第一张照片。望着照片，我有点想哭，也有点想笑。

还有一张照片，是一次旅行时拍的。照片上的我正哭丧着脸，嘟着小嘴坐在公园的滑梯上。只记得，当时我好像被门口的小摊上的什么小玩意儿吸引住了，目不转睛地盯着看。爸爸好像看出了我的心思，但因为在路上已经为我买了许多东西了，便斩钉截铁地说："不行！"我当时就生气了，嚷嚷道："你不给我买我就不走！哼！"爸爸见我这么任性，也火了："不听话了是不是？下次不带你来了！"但还是拉了拉我的衣服，示意我赶紧回家。可我就是赖着不走，嘴巴里还不时地吐出几个"哼"。爸爸这回真生气了，大声吼道："你不走我走了！"说着，头也不回地走了。当时的我只以为老爸赌气，一会儿就会回来的。十分钟过去了，二十分钟过去了，半小时过去了，老爸还没回来。我当时就急得哭了。但不一会儿，一双强有力的手把我拉起来，说："咱们回家吧。"我停止了哭泣，乖乖地跟着爸爸回家了。

再看看，这张是爸爸教我走路的特写，这张是爸爸看着我拿了"三好学生"时欣慰的笑容，这张是我和爸爸拥抱自然的惬意……

一张张照片记载着爸爸对我温暖而又严肃的爱，仿佛让我回到了昨天。

（指导教师：王少秋）

妈妈的爱

李抒亚

母亲的爱，是早晨的阳光拂面，是午夜的月光如水，又如茉莉花香，时刻令你芬芳满怀。母亲的爱，是我们人生路上的避风港，时时接纳我们，包容我们；母亲的爱，是我们生命的加油站，让我们奋力前行，敢于迎接风雨和挑战。

我的母亲，对我的爱很特殊，但正是这种特殊的爱，让我学会了坚强。

记得小时候，我特别羡慕别人家的孩子，因为他们摔了一跤，他们的父母一定会心疼地说："宝贝儿，摔哪儿了？疼不疼？让妈妈抱。"而我一摔跤，妈妈总会冷淡地说一句："没事儿，自己起来吧。"那时我觉得我是妈妈从垃圾桶里抱出来的，妈妈根本不喜欢我。

摔跤的那天晚上，我的膝盖上有个很大的创口，本以为妈妈会给我小心翼翼地贴上创可贴，可妈妈却说："丫丫，我告诉你怎样贴创可贴，你自己去贴。"我赖在床上，说："不，我就不贴，不贴不贴就不贴。"我还以为这样闹会改变妈妈的想法，可是妈妈好像没听见似的，说："先把腿擦净，再把创可贴的那层胶摘掉，贴到你的伤口上。"我实在没办法，只好自己动手。这天我学会了贴创可贴。

晚上十点钟左右，我已经睡醒一觉了，发现妈妈屋子里的灯还是亮着的。我想去看看他们在干什么，却先听到爸爸说："丫丫还这么小，摔了跤你都不扶她，就算你不扶她，安慰她几句也行呀。"妈妈接着说："你怎么就不理解我呀，我这是为她好，希望她有一种自立、自强的精神。"回到屋里，眼泪顺着我的眼角流了下来，我明白了妈妈一直是为了我好啊。

妈妈双鬓的每一根白发、额头的每一道皱纹都是我成长的见证，妈妈无私无悔的爱与奉献滋润着我鲜活的生命。这爱，是黑暗中的一盏明灯，照耀着我前行；这爱，不仅丰富了我的人生，更为我的人生赋予了深刻的含义。

（指导教师：李文娟）

041

第二部分　遇到您真的很不错

藏在伞中的爱

林　敏

那天，要放学了，雨却来了，这厚脸皮的雨铺天盖地。雨魔并不知道我们没带伞的同学是多么不欢迎它。它仍在发威，仍是那样我行我素。唉，我皱着眉头，搓着双手，心里跟小猫抓了似的。我焦急地望着校门口花花绿绿的雨伞，想着妈妈能马上出现在我的眼前。

周围的同学越来越少，我的心里打起了小鼓：妈妈，你在哪里呢？雨下个不停，可妈妈还没有出现。我的心直沉到了地底。看呀看，等呀等，终于，我看见了人群中妈妈那熟悉的身影。她拿着雨伞飞奔着跑进学校。近了，近了，我看见妈妈的裤脚湿了一大块。妈妈喘着粗气，对我说："等久了吧……雨下得大，车堵得厉害。来，我们走吧！"妈妈拥着我走进了雨中。

雨，打在伞上，"啪啪"狂响。抬起头，我发现伞向我这边倾斜着。妈妈的一边肩膀湿了。

"妈妈，伞歪了。"我提醒道。

"没有，雨伞没有歪呀。"妈妈轻轻回答。

我的视线落在了倾斜的伞柄上，"是真的，雨伞歪了。"我轻轻地把伞往妈妈那边推了推。

妈妈又把伞往我这边推了推，固执地说道："没有，伞真的没有歪……"

伞下是许久的沉默，回头却瞥见晶莹的水珠划过妈妈的脸颊。

风夹着雨，斜打进伞里来。妈妈把我拥得更紧了。此时，妈妈曾经对我的付出像电影倒带般，全部在我的脑海里放映了：天刚蒙蒙亮，妈妈已为我煮好早餐；读书累了，妈妈递来已经削好的苹果；生病时，妈妈端茶喂药；上学前，妈妈一再叮嘱我上课要认真；天热时，妈妈从冰箱端来冰凉的西瓜；天冷时，总给我递一件暖和的外衣。妈妈为我洗衣，为我做饭，送我上学，接我放学。我冲她一笑，总能让她心花怒放；我轻轻皱眉，总使她牵肠挂肚……

幸福，美好，历历在目。我觉得有一种东西流入我的心头，好暖，好甜。那就是爱。

（指导教师：林巧铃）

那一刻，我体会到父爱

郑一诺

　　记得我上三年级的那年五一劳动节，我们全家去江西三清山游玩。

　　那山很高，很陡，天气又很热，我只爬了半个多小时，就已经累得满头大汗，爬山的兴致早已荡然无存。看着远处直插云霄的高山，我就腿发软，真想一屁股坐在地上再也不起来了。

　　爸爸更是气喘吁吁，显然比我还要累。然而，他看到我这个样子，就对我说："我们来一场爬山比赛吧，怎么样？来，看谁先爬到那里！"他指着不远处的一处山坡对我说。我摇了摇头，说："不要！太远了！"看着我的样子，爸爸的眉头拧成一个疙瘩，说："比比看吧！准备，要开始了！"可我还是摇头不答应。爸爸似乎没辙了，但忽然又像发现新大陆似的说："那这样行不行？谁先爬到那小山坡，谁就喝我手里的这瓶刚买的饮料！"一听有饮料喝，我顿时来了兴致，在平时，爸爸可是不让我喝饮料的，说什么饮料里有防腐剂，对我们小孩子的发育不利。看着爸爸手中扬着的饮料，我暗下决心：我一定要赢，为了那瓶饮料！

　　"1、2、3，开始！"我快速地跑着，爸爸的速度也很快。我心里默念着："快！快！"可是转念一想，哎！爸爸可是一米八的个子，瞧他那长长的腿，一步跨去就顶我好几步，我输定了！

　　只见爸爸一边喊"加油"，一边跑在我身边，时不时地超越着我。然而他那长长的腿跨得并不远，总是跑在我前面不远处，总是让我感觉只差一点点就能超越他。最后，我终于以几个箭步抢先到达了目的地！

　　"耶！我赢了！"我高兴极了，爸爸也为我竖起了大拇指。然后，当我从爸爸手中接过那瓶给我动力的饮料时，我就明白了，刚才比赛中分明是爸爸故意放慢了脚步。

　　喝着饮料的那一刻，我体会到了"父爱"。这就是父爱，它仿佛是这香甜的饮料，又如同这高山上的清风，沁人心脾！

（指导教师：孙婷婷）

考试失败之后

张佳鑫

天灰蒙蒙的，一阵阵凉风吹来，我心里感觉好冷。想到这次的期中考试成绩，我放慢了脚步，爸爸、妈妈的脸会不会像这秋风一样萧瑟呢？

我怀着忐忑不安的心情敲开了家门。迎接我的是爸爸温和而亲切的笑脸，我惊讶又紧张地低下头，不敢正视他，我觉得自己愧对他。

我闷声不响地走到书桌前。爸爸走过来坐在我旁边，轻声地说："是因为这次考试吧，光难过是没有用的，最重要的是找出原因，得知道为什么会这样。我已经都知道了，没关系，这个结果对你是个打击，你也很难过。不要多想了，好好总结经验，下次争取考出好成绩。"眼泪在我的眼眶里打转，我也没想到这次考试这么差，竟然排到班级三十多名……"洗手吃饭吧，妈妈给你做好吃的了。"爸爸的话打断了我的沉思。

我呆呆地坐在餐桌前，妈妈走过来抚摸着我的头，说："不费力的路是下坡路，这次考试已经这样了，如果以此为动力，总结自己，成绩会提高的。"

我不禁想起父母对我的爱，爸爸是一个不善谈的人，他从不对我发脾气，但他每天晚上会把我蹬开的被子盖好。妈妈在生活上无微不至地照顾我，虽然有时会责备我，但严厉的话语掩饰不住她对我的关爱和良苦用心，我愧对他们。此刻我闻不到饭菜的香味，眼泪簌簌地流下来。

这次的期中考试已经过去了，但父母的话我没有忘记，我要满怀信心上路，努力前进，因为我知道他们在用耐心和爱心默默地等待着我的精彩。

(指导教师：谭妹娥)

当妈妈真辛苦

王卓儿

清晨，我早早地起了床，快快地吃完饭，像做贼一样溜出房间，想出去放放风。我猫着身子，踮着脚尖刚走到门口，却被"千里眼顺风耳结合体"的老妈拦在了门口。噢，美梦就像逃兵一样跑了，倒霉呀！老妈笑着问："你干什么去呀？"我结结巴巴地说："倒——垃圾去！""是吗？"老妈还是面带笑容，简直就是个笑面虎，"快去写作业！"哎呀！那声音简直就是山崩地裂。

"哼，牛什么呀！我要是妈妈，你让我生气，我就揍你了！"我小声嘟囔着。"那咱们就换一下，明天你买菜、做饭、做家务，我来写你的作业吧。"老妈这个顺风耳真是当之无愧呀，又让她听见了。听老妈这么一说，我想也没想就欣喜地答应了。

第二天早上，我正躺在床上做美梦，妈妈跑到我房间大喊着："八点半了，快做饭！"我不情愿地起了床，慢腾腾地走进了厨房，心想幸好我会做点饭，要不还真让妈妈给难住了。做个什么呢？就煎几个葱花鸡蛋饼吧！我三下五除二做完了饭，正想着当妈妈真简单，突然听见老妈说我做的饭不够她塞牙缝呢，要我再做两个。哎！倒霉啊！谁让我们交换位置了呢！

老妈吃完饭了。哈哈！现在可是我指挥的时候了。我神气十足地对老妈说："快写作业，坐端正了，小心我揍你！"妈妈对我说："那有一堆衣服，快洗了去！"我想现在我是家长了，得做些家务，于是便去洗衣服、擦地。娘哩！衣服太多了，我洗完已经十点半了。正想管管老妈，一看，她在看电视。我问道："作业写完了吗？""嗯。""琴弹完了吗？""嗯。""英语背完了吗？""嗯。"老妈接着看电视。我开始后悔了，真不该换这个位置啊。

这一天，我差点没累趴下，但是我体会到了妈妈平时有多苦，有多累。妈妈，我爱你！

(指导教师：纪桂英)

爱的故事

吴侠静

倾听细雨打落在玻璃上的声音，看微风拂过碧嫩的小草，闻百花齐放散发的幽香，我沉浸在大自然里，对生命有了新的了解。

雨中情

记得那天下了一场大雨，妈妈和我一起去逛街。因为出门的时候天已经阴沉沉的，所以我们带了一把伞，谁知购物途中并没下雨。老天真是捉弄我们，快到家时，一阵大雨突然落了下来。妈妈赶紧撑开伞，然而伞不是很大，她用伞遮住我，自己整个身体却几乎都露在了外面。回到家，妈妈衣服湿透了，可她看到我身上没有淋到雨却非常开心。也许这就是幸福。顿时，一股暖流涌遍了我全身。

生活中这样的小事很多很多，有什么能比母爱还要平凡、还要深厚呢？

048

夕阳情

一天下午，夕阳西下，我看见一对老人在街上散步，女的扶着男的来来回回、反反复复地走着。男的走路一颤一颤，女的不时对他说些什么，他也只是傻傻地笑一笑。夕阳照着他们亲密的身影。

大街上，一些老人吃完饭坐在一起聊天，说说笑笑，逍遥自在。我本来是想去小商品市场买一盆花的，却深深地沉浸在了这美丽的夕阳晚照的画面中。我一直走啊走，不知怎么了，我走到了菜市场，那里的老人很多，都是来做买卖的。在这里，他们似乎返老还童了，没有人来买菜，他们就喝喝茶，聊聊天，自得其乐。

　　细雨中，夕阳下……生活中处处都有爱，生活中的一切都值得我们珍爱！

　　　　　　　　　　　　　　　　　　（指导教师：周云妹）

遇到您真的很不错

殷皓珏

"遇得到您哟！"这是我的口头禅，在和爸妈交流中，也时不时地要冒出来，每当这时，爸爸就会说"遇到我是你幸运"。

1

"女儿，我回来了！"每天傍晚门一开，就听到爸爸的喊声。我知道他一回家首先就会来书房看我做作业，然后再去做别的事情，每当这时都有一股暖流涌上我的心田。虽然一声问候很简单，但天天这样可不容易呀。

知道爸妈辛苦一天还一直都牵挂着自己，真的很幸福！

2

"怎么又在这里买？爸！"我看见爸爸径直向我们楼下那家凉菜摊走去，"那家老板上次不是骗了我们吗？""是的，他上次骗了我们，但是我们要学会原谅别人，要有包容心，不要计较太多，这样自己才会更轻松、更快乐，别人也会因此感激你。"我似懂非懂地点了点头。从那以后，不管在学校还是在家里发生了什么不愉快的事，我都尽力用一颗包容的心去对待，去原谅别人。就这样，在爸爸的教育和影响下，久而久之我自己感觉真的很轻松、很快乐。邻居们都说我是个快乐的小天使。

3

记得有一次，爸妈很晚都没有回来。我正准备睡觉时接到爸爸的电话，他告诉我，他们要很晚才回来，叫我把作业放在书桌上，早一点去睡觉。第二天早上，我看到作业上已经签好了爸爸的名字，他还在我做错了的地方做了符号。我知道爸妈一定回来得很晚，于是就小心翼翼地拿着书到阳台小声地读起来，生怕惊醒了他们。可不一会儿，爸妈房间门打开了，爸爸还是像平常那样准时起来听我朗读。看见他那布满血丝的双眼、满脸疲惫的样子，我鼻子一酸，眼泪就掉下来了。

爸爸！生活中太多的事感动着我，能做您的女儿真的很幸福，"遇得到您哟！"真是我的幸运。

（指导教师：李祖秀）

第二部分　遇到您真的很不错

母　爱

杜颖哲

　　今天，我在冰心的书上看到了这么一句话："母亲啊！你是荷叶，我是红莲，除了你，谁是我在无遮拦天空下的绿荫？"我觉得这句话特别亲切，因为每个人都体会过父母的爱。他们的爱就像一个个文字、一篇篇文章，组成了一本本有趣的生活之书，把爱融入一件件小事之中。

　　记得我三四年级的时候，妈妈为了锻炼我的独立性，把买菜做饭之类的事交给了我。每天我用小手攥着十元钱，骑着小车子出去。我认为妈妈一点也不爱我，不喜欢我，不关心我。可有一天，我明白了。

　　那天，我一如既往地骑着小车子出去买菜，不同的是，我在手上抹了厚厚一层蜂蜜，用胳膊肘控制着车把儿，边走边吃。路上有几只蜜蜂总在我前面飞来飞去，我伸出一只手赶它们，但由于技术不佳，连人带车摔倒在地上。慌乱中，我用手紧紧地护住了头，头是安然无恙，可手背上却蹭掉了一层皮，特别是手上的蜂蜜异常恶心。我忍着疼痛，龇牙咧嘴地爬起来，决定回家先去洗洗手。

052

　　洗完手，我只好步行去买菜。当我拎着菜回来时，发现我的车筐里竟有一瓶云南白药，崭新的，还没开封呢！我想，谁会给我送药来呢？我正想得出神，几只不知天高地厚的蜜蜂又围着我转来转去，我用手驱赶它们，没想到有一只竟冲我的脑袋狠狠扎了一下，我的泪水立刻如泉水般涌了出来。泪眼模糊中，有人把我抱了起来。我心想：坏了，不会是人贩子吧！抬头看看那熟悉的身影，那乌黑的短发，那……"妈妈！"我不顾疼痛地叫了出来。妈妈微笑着看着我，很是平静，可我却发现她的眼中有一丝焦虑。

　　回到家，妈妈给我手背上抹了药，又匆匆去超市买了一瓶风油精，气喘吁吁地跑回来，扒开我的头发给我抹上。妈妈一边抹一边看着我的眼睛，语重心长地说："颖哲，别怪我太狠心，你是个大孩子了，应该早点学会做家务，照顾好自己。否则，长大之后你该怎么办？"听到这些，我的眼泪"刷"地流了下来。

啊，我全明白了！妈妈每天都紧紧地跟着我，生怕我出意外。

母亲，是载着爱与希望的小船，在茫茫大海中漂泊。虽然渺小，但却伟大。

（指导教师：王海菊）

第二部分　遇到您真的很不错

躲猫咪

黄珊珊

大家对玩游戏肯定都不陌生，但是有一种游戏你们肯定没有玩过，这就是"躲猫咪"。这个游戏是我的妈妈发明的，里面渗透着妈妈对我浓浓的爱。

小时候，天气变冷了，妈妈总会为我穿上毛线衣。可妈妈为我穿毛线衣时，总要费很大的劲儿。因为我的头太大，毛线衣领口小。我的头在套毛线衣时，常常被毛线衣的领口卡住。那时，我的头被"困"在毛线衣里，看着眼前一片漆黑，我感到好害怕，便"哇哇"大哭起来。

"喵——！喵——！我的小猫咪哪里去了？"每当这时，妈妈总会和我玩"躲猫咪"的游戏。妈妈一边给我穿毛线衣，一边发出像老猫在寻找小猫的声音。

"藏"在毛线衣里的我马上屏声静气不哭了，傻里傻气地我还真把自己当成小猫咪躲起来了呢！"快！快！快找找我的小猫咪！"妈妈一边装成很着急的样子，在东找西寻地找我这只小猫咪，一边轻轻地卷起我毛线衣的领口，慢慢地把毛线衣从我的头上拉下来。

"哟！我的小猫咪找到了，原来她躲在毛线衣里呢！头发，额头，眉毛，眼睛，鼻子……全都在呢！一个也没丢！"当我的头从毛线衣里钻出来的时候，妈妈总会像找到小猫咪的老猫咪一样满脸惊喜的样子，她激动地抱住我，不停地亲我那红红的脸蛋，把我逗得"咯咯"直笑……

现在，我长大了，看着妈妈和弟弟玩躲猫咪，我真羡慕呀！

（指导教师：林秀碧）

在父爱的长河里成长

陶　雪

父爱是一条长河，有时轻柔，有时波浪滚滚。

记得在幼儿园的那段时期，我经常被人欺负，就得了"幼儿园恐惧症"。每次早上要去幼儿园时，我就在家里"哇哇"大哭。有一次我甚至趴在地上赖着不起来，妈妈没有办法，只好任由我去哭。爸爸听到我的哭喊声，立刻走了出来，他把我从地上抱了起来，哄我："乖，女儿，不哭。我们去幼儿园好不好？只要你去幼儿园，爸爸晚上就给你糖吃！"我一听到"糖"这个字眼，马上就来了精神，小鸡啄米似的直点头。

爸爸是一个十分直爽而又正直的人，他的心像大河一样，清澈见底，连一粒小沙子都看得见。

我上二年级的时候，有一次几个男生正在欺负一个小女生，正好被我和爸爸碰见了。爸爸冲了上去，眼睛盯着那群同学，对他们说："你们这样是不对的，不应该以大欺小。你们就不能稍微让一让女生吗……"他们被我爸爸给镇住了，过了好一会儿才清醒过来，低着头羞愧地走开了。

爸爸还是一个十分大度的人，用他那宽大的胸怀原谅一切，像大河一样，从不讨厌孩子们向里面丢石子。可那一次，他却暴跳如雷。

有一次坐公交车，爸爸给了我两个硬币，让我把它们塞到投币箱中。我把两块钱放在裤袋里，车来了，我先跑上了车。然后，我向被挤到后面的爸爸挥挥手，让他赶快上来。等爸爸上来后，我们找了一个空座，我坐在他腿上。突然，我碰到了两个硬硬的东西，一摸，竟然是那两个硬币！回到家后，我把硬币给爸爸，爸爸竟然气得要跳起来！他对我大吼道："陶雪，你竟为几块钱而失去人格！"我被爸爸的吼声吓到了，随后流下了悔恨的泪水。

爸爸，如果您是由爱组成的一条河，那我就是河中的鱼。您对我的爱护，您对我的教育，我将时刻记在心间！

（指导教师：张洪涛）

第二部分　遇到您真的很不错

一张贺卡

邹茜妍

有人说："世界上最无私、最伟大的就是妈妈的爱。"而我却认为："世界上'最狠心'、'最不近人情'的也是妈妈的爱！"

母亲节快到了，我怀着兴奋的心情，兴致勃勃地捧着一张亲手做的贺卡拿给正在做家务的妈妈看。心想，妈妈看了一定会很高兴的，这可是我精心为妈妈准备的。这时，我发现妈妈皱着眉头，严厉地说："茜妍呀茜妍，你怎么这么大了还不知道抓紧时间学习呢？你看这都是什么时候了，再过两天就该考试了！只剩下两天了！你怎么还有心情做贺卡？"我把头埋得低低的，"享受"这场"人工降雨"，听着听着，我的眼睛湿润了。等妈妈"降完雨"，我垂头丧气地回去写作业，泪水禁不住流下来，流到嘴里，咸咸的。

妈妈是个狠心的妈妈，每次对我都是凶巴巴的。我精心为您制作贺卡，而您一点也不领情。您是一个不近人情的妈妈，难道您不明白女儿的心？难道您不爱自己的女儿吗？此时，妈妈走过来问："你一共才写了几个字？说你还不服气！"说完便转头就走。我眼中的泪水如泉涌般夺眶而出。过了好一会儿，我去上了趟厕所，在走过妈妈的房间时，我看见妈妈在微弱的灯光下美滋滋地看着我亲手为她做的贺卡。从那眼神中，我看出妈妈好像在自豪地说："看！这是我女儿给我做的贺卡！"我激动得不禁再次流出了泪水。五分钟过去了，十分钟过去了……妈妈还在看！我小心翼翼地走到了书桌前，幸福地写着作业——因为我知道我有一个爱我的妈妈！

妈妈，我理解您，您的狠心，您的不近人情，也是对女儿深深的爱，因为您想女儿成为最出色的人。妈妈，无论何时何地，我都会深深地爱着您。

（指导教师：纪桂英）

父爱无言

简小婧

爸爸，您的爱像一根蜡烛，火焰不那么热烈，却总是在我最需要的时候照亮我的行程，永远不会熄灭；爸爸，您的爱像一座高大而古老的城堡，虽然有些久远，却蕴含着沧桑的内涵，永远不会倒塌；爸爸，您的爱像一条小溪，虽然没有汹涌的波涛，却柔和悠长，永远也不会断。

爸爸，以前我一直认为您不够爱我，然而就是那一件件小事，让我明白了一位父亲无言的爱。

爸爸，您还记得吗？那是一个早晨，我要坐早晨五点的火车去北京比赛，因此我早早地赶往教室。您为了送我，慌里慌张地为我准备东西，几乎一夜未眠。秋末的清晨实在有些寒冷，您害怕我赶不上车，连手套都没戴就出了家门，我分明听到您不断"咝咝"地吸着凉气。在路上，您开玩笑地说："我不会骑三轮，摔着我可不管。"说完您便左拐右拐，逗得我哈哈大笑。我心里明白，尽管您嘴上这么说，可您是不舍得摔着我的不是吗？当我按时来到教室，您留给我的是您无言的背影。当时我的心里有种莫名的感动。

爸爸，您话不多，几乎我每次对您说话，您都只是"嗯"一声。那一次，我刚上完英语课，着凉了。我撒着娇对您说："爸，我难受。"虽然您听见了，却也还只是"嗯"了一声。我难过极了，心想我肯定不是您亲生的，不然您怎么会这样对我。半夜我发起了高烧，迷迷糊糊地睡了。第二天，妈妈对我说："杉杉，你昨天发烧，家里又没有药，你爸爸昨晚一点多跑了好远，才给你买回退烧药。"我不再怀疑自己不是您的女儿，有您这样爱我的爸爸，我感到幸福。

爸爸，您的爱不像妈妈的爱那么细致入微，但却深沉而宽厚；你虽然不善言辞，但我无时无刻都被您的爱滋润着。

爸爸，我爱您！

（指导教师：李文娟）

057

第二部分 遇到您真的很不错

粉红色的爱

滕菲儿

　　天灰蒙蒙的，又阴又冷，淅沥的雨正随着那阵阵的凉风飘洒下来，天空是那样的缥缈无边。

　　我与雨很有缘，每每周末上课，几乎总能遇到或大或小的雨。可是，我却从未细细欣赏过这雨天的景色，因为每到这时，我的身体总被那柔暖的粉红色包裹着，我的眼前，也被那粉红色笼罩。妈妈骑着自行车，我在妈妈的雨衣里。

　　妈妈的雨衣是粉红色的，总在冷冷的雨中，给人一种暖暖的感觉。这件雨衣很长，可以把妈妈和身后带着的我全部包裹起来，因此，我从未被雨淋湿过。

　　雨哗啦啦下大了，妈妈骑着自行车，披着雨衣，带着我行走在回家的途中。我安稳地躲在那粉红色的世界里，脸紧紧贴着妈妈暖暖的后背，一手搂着妈妈的腰，一手懒懒地比量着雨衣的长度。

　　雨点噼里啪啦地打在雨衣上，像在唱着一首好听的歌。

　　这时，我感到腿有些麻了，便让妈妈停下来。

　　我掀开雨衣，走出了那片粉红色。

　　我跺着发麻的双脚，顷刻间，麻酥酥的雨点向我头上打来。我抬头向天空望去，雨丝，密密麻麻斜织着，天空，深不可测。

　　当我低头转身，正要再次钻回雨衣里时，忽地瞥见，妈妈的两袖湿漉漉的，雨衣才达妈妈胸口。又瞧瞧车尾，那长长的雨衣，都要触地了，妈妈额前几丝被雨水打湿的发丝正在雨中飘荡。

　　我又一次钻入了长长的雨衣中。这一次，我把手伸向妈妈胸前，把那长长的雨衣直往前拽，好让雨水减少对妈妈的侵袭。

"宝贝，雨衣长着呢，往后拽拽，别淋着！"

我的泪，夹杂着晶莹的雨珠，一起划过了脸颊。

此刻，我明白了，我测量到了那"长长"的雨衣的长度——无穷无尽，看不到尽头。那"长长"的雨衣，在妈妈一点一滴的爱中无限地延伸，延伸……

（指导教师：徐崇德）

感恩母爱

黄一帆

十年前，一声啼哭打破了家里的平静，大家都沉浸在喜悦之中，是妈妈给了我生命，把我带到了这个精彩的世界。从此，我就成了妈妈永远的牵挂和辛劳，妈妈教我咿呀学语，扶我蹒跚学步，成长的道路上洒满了妈妈的汗水。

妈妈像大树，为我遮风挡雨；像太阳，给我光明和温暖。妈妈和我一起捉蟋蟀、套知了、钓鱼，和我养过许多小动物，还滑稽可爱地陪我一起跳儿童舞蹈……这些开心事中都充满着妈妈的关爱。

妈妈的爱是最无私的，记得有一次做作业时，我无意中把锐利的小刀放在书中，妈妈整理书时把手割得鲜血直流，不得不去医院包扎。我很难过，妈妈却宽容地安慰我说："没关系，几天就好了，幸亏这次伤的是我，下次放刀要注意。"

还有一次，我和妈妈外出散步，惊恐地发现一只大黄狗气势汹汹地向我们冲过来，我想肯定是疯狗要咬人，吓得直往后躲。妈妈立即把我挡在身后，大叫一声，高举起手中的提包，两眼瞪得溜圆，脸也涨得通红，我还未见过妈妈如此的凶相呢。狗被突如其来的吼声愣住了，然后又朝我们不停地摇尾巴，我这才发现是以前邻居家的小黄狗，一年不见竟长成了大黄狗，总算有惊无险。回家后我向爸爸夸奖妈妈是如何勇敢时，爸爸竟"扑哧"直笑，原来妈妈这辈子最怕狗，曾经有一次被狗追得又哭又叫。我终于明白妈妈哪来的勇气和胆量，那就是母爱，为了孩子，可以付出一切，甚至生命。

妈妈的爱就像一场春雨，润物无声；像一支清歌，绵长悠远。我的每一个日子都蕴含着妈妈深情的关爱，妈妈永远是我最坚强的支持，最温暖的守候，妈妈的微笑永远鼓励着我踏过严冬，迎来春光……

(指导教师：张洪涛)

沐浴在母爱的长河

王雨阳

从我来到人间的那一刻，母爱的长河就把我深深包围。从我咿呀学语到妙语连珠，从我蹒跚学步到健步如飞，哪一步的成长不浸透着母亲的汗水？

母爱的长河是用汗水汇集而成的，她是平静的、温暖的、慢悠悠的，永不停息地流向前方。我是一条小鱼，深深地吮吸爱的甘露，畅游在母爱的长河里。虽然，总有一天我要游进大海，但是大海也是长河汇集成的。不管我走到哪里，永远不会忘记在爱河中游戏的岁月，不会忘记在爱河中熏陶的岁月。

小时候，妈妈为培养我的耐心，经常陪我搭积木。我有一点进步的时候，她就在一旁微笑着表扬我："我们家阳阳真棒，搭的积木真好看！"妈妈还教我不管做什么事都要有头有尾，不能半途而废。记得那是在我六七岁的时候，我刚开始学画画，老师叫我画一个西瓜，我怎么画也不能把西瓜画圆，画了半天也没画好，没耐心就干脆不画了。妈妈看我不想画了，不仅没有骂我，而且表扬我说："阳阳，你看你画的这个西瓜比那一个好看多了，绿绿的，大大的，妈妈真想吃上一口。你能不能再画一个更大更圆的西瓜给妈妈吃呢？"我以为妈妈说的是真的，就又拿起了画笔画了起来。为了给妈妈一个又圆又大的西瓜，这次我非常用心地在画。结果我画了一张很好的画，得到了老师很高的评价。妈妈就是这样经常鼓励我，使我爱上了画画。

妈妈对我的教育是全方位的，她不仅培养我的耐心和兴趣，也注重培养我独立自主的能力。星期天在家，我想吃肯德基，妈妈考验我的自立能力，就让我一个人去买。如果要走较远的话，妈妈就会偷偷地跟在我的身后，每次都会被我发现，但我总不去识破她，因为我知道妈妈是怕我路上不安全才这样做的。在妈妈的锻炼下，我不仅会到超市买东西，还会到菜市场买菜呢！

061

第二部分 遇到您真的很不错

母爱的长河里虽说是温暖的，有时也会遇到点点小礁石，这些礁石都是妈妈精心安排的，她是怕我以后不能适应多变的社会环境。记得有一次，妈妈来接我放学，正好下着大雨，妈妈早晨说好叫我放学后在东传达室等。可我边走边和同学说话，走错了一个传达室，我左等右等不见妈妈的身影，天都黑了还不见妈妈来接我。我只好冒雨到小卖部借了电话，终于和妈妈通上话了，可妈妈的声音怎么离我这么近？我环顾四周，突然发现妈妈就站在离我不远的地方，身上都被雨水淋湿了。我放下电话，拥了上去，心里内疚极了。后来妈妈告诉我，她早就看见我了，看我怎样去处理这些突发事件。

　　这就是母爱，她有时风和日丽，有时疾风骤雨，不管我们怎么样她都会对我们不离不弃。

　　　　　　　　　　　　　　　　　　（指导教师：张洪涛）

我的"闹铃"老爸

黎嘉仪

我家有个"闹铃",那就是我爸爸。

早晨,爸爸像闹铃一样准时,一到早上七点,就会趴在我的床头叫道:"宝贝,该起床了!太阳都照到屁股了,快点起床!一会儿还得上学呢!""嗯!知道了。"我揉着惺忪的睡眼一骨碌爬了起来。爸爸早已经做好一级准备,为我收拾好了床铺。我刚洗好脸正刷着牙,爸爸又开始叮咛:"宝贝,快来吃饭,一会儿饭就凉了!"我一边擦着嘴边的牙膏沫,一边来到饭桌前。吃饭的时候,爸爸在一边嘱咐道:"宝贝,饭要吃饱,不然半晌肚子会饿的。"刚吃好早饭,爸爸又开始唠叨了:"宝贝!快背上书包跟我走,我得先把你送到学校,再赶到厂子里,晚了爸爸这月的奖金就泡汤了!"我忙屁颠屁颠地跟着爸爸出了门。

到了中午,该吃午饭了。爸爸说:"宝贝,快去洗手,我们要开饭喽!今天可全是你喜欢吃的饭菜,晚了可就只有喝菜汤的份儿喽!"我急忙洗手,坐到饭桌前。这时爸爸就会把好吃的菜都端到我面前,一边往我的碗里放一边说:"这菜好吃,吃多了长个子!那菜也不错,营养丰富!蔬菜也要多吃点儿,维生素多!"吃完午饭,爸爸拉着我说:"走,陪爸爸遛遛弯儿,让肚子下下食儿。"我刚想跑两步,爸爸一把拉住我说:"宝贝现在可不能跑步,否则会肚子疼的。""唉!真受不了爸爸的唠叨。"我一边摇着头一边自言自语。

晚上,我和爸爸回到家,妈妈已经做好饭了。一见桌子上的鸡腿儿,我饿虎扑食般地拿起来就吃。爸爸则一把拉过我,说:"快放下!饭前便后要洗手,这点小常识都不懂?鸡腿儿就是给你买的,没人跟你抢。快!快去洗手!"我正吃着鸡腿,爸爸望着我对妈妈说:"咱家宝贝准是馋猫托生的,啥时候吃肉都没够!"我心想:我才不管你们怎么说呢。吃到嘴里的才叫肉，喝到肚子里的才叫汤，谁吃了谁饱！

　　临睡前，爸爸又开始在客厅里喊："宝贝！快洗脚睡觉，明儿还得早点儿起，还得上学呢！"我忙不迭地说："知道了，爸——"我刚躺下，爸爸又来了，这次爸爸却变得特别温柔，趴在我的耳边轻声地说："宝贝！做个好梦！晚安！""晚安，爸爸！"不久，我就进入了甜甜的梦乡。

　　一天终于结束了。

　　我喜欢爸爸，更喜欢他像闹铃一样准时的唠叨。这唠叨里有爱，有关心，更有许多的期待……

（指导教师：吴印涛）

雪花般的父爱

刘 菲

爸爸不爱我，我原来一直这样认为。但随着年龄的增长，我发现爸爸是爱我的。爸爸对我的爱不是流露于表面上的，而是更深层次的深沉的爱。如果说妈妈的爱是和风细雨，那爸爸的爱就更像是一场瑞雪。

爸爸的爱给了我无限的信心和勇气。那天，我们一家人去公园玩，突然看见一只蝴蝶从我们眼前飞过。好漂亮的一只蝴蝶啊！大大的翅膀，上面有五颜六色的花纹。我大声喊着："爸爸妈妈快看，这只蝴蝶多漂亮啊！"爸爸听了，连忙去捉。虽然老爸以前是学校篮球队的主力，可他有十几年没锻炼了。别小看了这只蝴蝶，虽然它个子小小的，爸爸对他来说是个庞然大物，但它翅膀很轻盈，飞上飞下，可比老爸灵敏多了。爸爸拼命地追，可蝴蝶却不怎么紧张，不知道危险与它近在咫尺，还在翩翩起舞呢！这时，蝴蝶飞累了，正落在草尖上休息。呵，这可是个好机会。爸爸停止了奔跑，踮起脚尖，小心翼翼地走到蝴蝶身后。可怜的蝴蝶还不知道这是怎么一回事，就被爸爸那宽大的手掌扣住了。

065

我们把那只蝴蝶带回了家。回到家，爸爸拿出那只蝴蝶，让我仔细观察观察，摸一摸，写一篇文章。我围着爸爸手中的蝴蝶转着圈看了看，按杨老师教给我观察物体的方法记住了它的大小，花纹颜色及花纹形状。按说，应该有一项必不可少的程序——手感。但一想起蝴蝶是毛毛虫变的，我就……爸爸哄着骗着让我摸，我还是不敢摸。我哭丧着脸，哆哆嗦嗦地伸出已经被吓得不听使唤的手。我闭上眼睛，刚要摸一摸，又害怕地缩了回去，脸上露出了恐惧的神情。最后，老爸使出了他的"撒手锏"。

这回，爸爸选择了智取的方式。他马上换了一副笑脸，对我说："今天我给你买了一个好东西，就在我这个裤子口袋里，你拿出来看看。"爸爸用神秘的目光看着我。我心想：是什么东西呢？会不会是蝴蝶……爸爸看穿了我的心思，对我说："没事儿，绝对是你想要的东西。"听了这句话，我心里的那只兔子安静了许多，可还是有点担心。我忐忑不安地把手伸进口袋里，硬硬的，细细的。拿出来一看，嘿，是一块小巧玲珑的藕荷色电子表。爸爸转过身来，露出另一个口袋，让我摸一摸。有了刚才的经历，这下我没有戒备心了。我大胆地把手伸了进去。咦？软乎乎的，这是什么？我的好奇心引导我把它拿出来看一看。啊！我吓得六神无主，原来是那只蝴蝶！我一下子就把蝴蝶甩在了地上。有了第一次就有第二次，没有我想象的那么害怕。我把它捡了起来，放在了手心上。蝴蝶竖着翅膀，在我的手心里爬来爬去。爸爸看见，欣慰地笑了。

爸爸的爱给了我一份前进的动力。记得有一次数学单元考试，我考了94分。虽然跟我平常的成绩比起来差了一点，可是我是班里的第三名，因此心里也很高兴。在回家的路上，我美滋滋地想：爸爸妈妈一定会夸奖我的。我忽然觉得原来开得很快的9路车此时却像乌龟爬一样。到了站，我迫不及待地下了车，飞奔到了家。还没等我说话，爸爸就急切地问："听说你们考试了，考得怎么样啊？"我告诉爸爸："我考了94分。""什么？才94分？你怎么发挥的？又一个发挥失常？"爸爸严厉地说，"考了第几名啊？"爸爸努力压下火气，但还可以从他的脸上看出愤怒。"第……第，第三名。"我小心地看着爸爸，左手扣右手紧紧地握着，怯怯地说。"第三名？第三名你也敢说？"爸爸严厉地说，简直就是怒发冲冠。接着，不出我所料，一阵"暴风雨"直勾勾地冲着我袭来。"告诉你啊，刘菲，你别骄傲自满，你在班里排第三名，在全年级数得上你吗？给我看看你的卷子！呵，真行啊你，这么简单的题你也错，15／20-1／20＝5／20，亏你想得出来！你这样怎么考重点初中？赶快回屋做两份卷子去！"

从那时候起，我就暗下决心，一定要考第一名给老爸看看，我要让他鸡蛋里挑不出骨头，让他输得心服口服！于是，我努力学习，终于，我在第二次测验的时候得了第一名！回家后爸爸表扬了我一番："我就知道你能行！"我心里就像吃了蜜一样甜。原来爸爸上次的教育是激励我发愤图强呢！

爸爸的爱给了我一份长远的保障。每次过春节，我都会给长辈们拜年。

因此，我每年都可以得到一笔不菲的压岁钱。可能今年是本命年的缘故吧，我竟然获得了一个大丰收——3000元！这可是史无前例的收获啊！我兴奋地想：这些钱可以买多少零食、多少玩具啊！我的心就像坐上了太空船，越飞越高。这时，爸爸像土地神似的神不知鬼不觉地"冒"了出来，到了我的面前，把我吓了一跳。他从我手上拿来钱包，取出里面的钱，对我说："菲菲，我拿这些钱给你交保险费。"我的心情一下子从太空一直掉到了万丈深渊。拜拜了，我的新衣服；再见了，我的玩具……我在心里默念着。爸爸看我这么委屈，对我说："我每年都向保险公司交纳5000元保险费，我今年还给你垫了2000元呢！我和你妈妈打算用这笔钱给你当教育助学基金……"原来，爸爸是为了让我有一个更好的学习环境啊！

俗话说："瑞雪兆丰年。"爸爸的爱如同片片雪花，飘落在我的脸上，让我感到丝丝凉意，但却滋润着我的心田。

（指导教师：杨晓辉）

母爱的味道

孔艺霏

各样的食物有各样的味道，爱也有味道。那母爱是什么味道呢？

酸

那天放学回家，看到家里十分干净，一点灰尘也没有。洗衣机还在响，我走进卫生间，看到妈妈正蹲在地上用布一点一点地擦地呢。我对妈妈说："妈妈，您真傻，直接用拖布擦不就行了吗？"妈妈笑着对我说："我不累，前两天你不是说家里太脏了吗？我就收拾收拾屋子。"我也蹲下来，用手拭掉了妈妈头上的汗珠，又给妈妈倒了一杯水。我心里问道：妈妈，您说今天下午要好好休息一下的，为什么又开始干活了呢？难道您忘了自己有关节炎吗？我握着妈妈红红的、肿得像大萝卜一样的手，心里酸酸的。

068

甜

学校举行英语口语比赛，妈妈特意请了假来为我助威。在我上台之前，妈妈一直守在我身边，还不时地转过头来向我微笑。我本来忐忑不安的心慢慢变得平静下来，心里好像充满了力量。轮到我上台的时候，妈妈狠狠地亲了我一口，然后抚摸着我的头说："加油，我相信你会成功的！""嗯！"我坚定地点了点头。有了妈妈的支持，我一定会成功的！那时，我的心里甜甜的。

苦

前几天，班里有一次数学考试。我的成绩很不理想，回到家后，我不敢看妈妈。最后，我终于鼓起勇气向妈妈说出了考试成绩。妈妈的脸一下子晴转阴，对我吼起来："你是怎么考的，不是让你做了好多题吗？怎么还不会？你的记性到哪儿去了？"看着气愤的妈妈，我心里有说不出的苦涩。但我不怪妈妈，因为妈妈身体不好，医生不让她生气，但为了我，她总是控制不住。

辣

我和班里的一个女同学吵架了，很委屈，也很生气。我把事情讲给了妈妈听，本来以为妈妈会为我打抱不平的，可是妈妈却不分青红皂白，批评了我一顿。我跟妈妈顶起嘴："本来就是她不对，为什么说我？"妈妈说："你还敢顶嘴？把手伸出来！"妈妈用尺子狠狠地敲了我一下。我的手立刻红了。此时，我心里像吃了辣椒一样，眼泪不争气地流了下来。但我并不怨恨妈妈，因为妈妈这样做是为了让我做一个对朋友大度的人。

母爱有很多种味道，酸时像一片柠檬，甜时像一颗糖，苦时像一碗中药汤，辣时像一串川椒。不论怎样，母爱是人世间最美好、最伟大的一种感情。

（指导教师：杨晓辉）

第二部分 遇到您真的很不错

用爱在康乃馨上谱曲

邹睿婕

最美好的东西是看不到的、摸不到的，但可以用心去感受。

——题记

上帝一定是照顾不过来每一个孩子，便创造了母亲，母亲是上帝派来的天使，收起翅膀，不再飞翔，呵护在我身边。时间像个筛子，筛不去的是母亲的爱和柔美的声音。

当我闻着康乃馨的花香来到人世间的时候，第一个呼唤我的声音，便是妈妈的声音，那么轻柔，那么亲切。每当晚上，我总是伴着妈妈哼着歌的熟悉的声音进入甜蜜的梦乡。

幼时，妈妈就用那甜美的声音，搭建起一座座瑰丽的童话王国，让我体会到了白雪公主的美丽与善良；感受到了灰姑娘的勤劳与善良；学习到了小红帽的智慧与勇敢……妈妈的声音带着玫瑰的花香，让我在那柔软的花瓣上游戏与成长。

上学后，听着妈妈在我进校门时一声声温柔的叮咛；当我遇到困难时，妈妈鼓励的声音，不停地在耳边回响，"没有比脚更长的路，坚持就是胜利"；在我取得进步的时候，耳边不但听到了赞扬的声音，而且还有告诫的声音，"没有最好，只有更好"。妈妈的声音谱成了一首爱的乐章，汇成小溪，流进我的心田，这种爱像林间的松风，永远清新而凉爽。

如果说爱是世界上最美的音符，那么我会毫不犹豫地说："我的妈妈是世界上最棒的音乐师。"每个日日夜夜，她都会用爱做针，用情做线，为我编织着成长的美丽。

母亲那柔美的摇篮曲，录制在我生命的磁带中，一遍遍回放。

（指导教师：秦雪）

一个高级洗脚盆

孙亚伟

孝敬老人是中华民族的传统美德，我妈就是一个孝敬老人的模范。

姥姥有个腿疼的毛病，每次妈妈去姥姥家都会帮姥姥捏脚揉腿忙活好一阵子。有一天，妈妈对姥姥说："现在市场上正热销一种可以自动按摩的洗脚盆，据说对腿疼最有效。这样你就可以天天在家里泡泡脚，自己在家做按摩了。"

姥姥想了一会儿才下定决心说："你要愿意买就买吧，只要不超过五十块钱就行！回头你买来了，妈把钱给你！"

"妈，你现在真是老外了，这种高级洗脚盆要五六百块钱呢！"

"五六百？！那，那就别买了！五六百块钱够全家一个月的生活费了，咱可买不起！你也别浪费那么多钱！妈不是那么金贵的人！"

"妈——钱的事你不用担心！不管花钱多少，能好病就划算！多少钱能买一条腿呢？只要能治好妈的病，就是花一千、一万我也不心疼！"

姥姥一听急了，说："不行！妈说不买就不买，即使买了妈也不要！"

妈妈没再坚持，就岔开话题说别的去了。

从姥姥家回来，妈妈就从银行取了钱，去专卖店买回了那高级洗脚盆。妈妈连家也没进就给姥姥送去了。当然姥姥又是好一通地数落妈妈，说妈妈不会过日子乱花钱，还吵着嚷着要妈妈给商店送回去。妈妈把那个洗脚盆放在家里就走了。

后来，姥姥终于留下了那高级洗脚盆。妈妈一遍遍教姥姥如何使用那个"先进武器"，还劝姥姥每天洗脚、泡脚、按摩。还别说，那"先进武器"确实管用，姥姥的腿还真的给治好了。

从此，每次我们去姥姥家，姥姥都会夸赞一番那洗脚盆，还夸妈妈钱花得值。而妈妈孝敬姥姥的事迹也被邻里传为佳话。

让孝敬老人的风气在我们每个人的心里扎根，让孝敬老人的美德代代相传。

（指导教师：吴印涛）

妈妈，我想对您说

任 立

妈妈？您睡了吗？听——轻微的鼾声从房里传来，您睡得可真香。我不忍吵醒您，就像个忏悔者一样在您身旁低声说话吧。

您知道吗，当我看到《爱的教育》中安利柯的父亲教育安利柯要爱母亲时，我心里愧久极了，这让我想起很多事。

我想起了您"剥夺"我自由的时间，想起了您为这个家所付出的辛劳，想起了您在照顾爸爸时的细心，想起了您一切的一切。

印象最深的还是那一次。我马上就要期末考试了，老师为我们安排了好多习题，做得我头昏脑涨。老师布置的一张测评卷我错了很多道题，"分数不堪回首大叉中"。您尽管生气，可还是耐心地为我讲解错题，直到我把题目全弄懂。然而吃饭时，我却还将您刚才的批评"铭记在心"，故意气您，说饭太硬咽不下；您夹菜让我尝，我却把它吐了出来。您呆住了，气得不知说什么好。饭后您语重心长地教育我，可我啥也不听，立刻溜进房间。那个星期我的心情一直没有平静，我觉得我太伤您的心了。说到这儿，我的眼眶湿润了。

妈妈，您有许多优良的传统美德，您常教育我"成由勤俭败由奢"的道理，要我从小养成良好的节约习惯，我会谨记您的教诲的。

妈妈，您对我那么关怀备至。过马路时，您不忘紧紧地"捏"着我的手。在人多的地方，常常不忘回过头看看我，是不是不小心走丢了。每次我独自出门，您都会对我千叮咛万嘱咐，虽然有时我很厌烦，但我却深深地感到了母爱的无微不至。多少次家门口那一束温暖如泉的目光穿过一个又一个人影，紧紧盯着一个瘦小的身影，在天地间轻轻荡漾。

妈妈，我向您保证，我以后，不，从明天起一定痛改前非，不再让您生气。

友情如汽水，时尚而稍嫌清浅；而亲情如奶茶，温润香浓，舒心暖胃……

（指导教师：孙永明）

妈妈的"紧箍咒"

张子玟

"张子玟，起床了，快穿衣服，别冻着，穿完衣服快刷牙洗脸，洗完脸梳头，梳完头快吃饭，饭都凉了。七点了，快起床！"妈妈双手叉着腰，一副不容反驳的样子说道。"哦，知道了。"我迷迷糊糊地睁开眼，才六点半。瞧！这就是我的"紧箍咒"，365天，天天如此。不过说句心里话，离开了妈妈的唠叨我会感到生活如白纸一样没有色彩，就像鱼儿离开了水。

当期中考试成绩下来时，妈妈又开始像唐僧一样对我喋喋不休地念起了"紧箍咒"："怎么回事？最近怎么了？我看你这段日子就不刻苦，上课不积极举手回答问题。一分耕耘，一分收获，一切一切，归根到底，就一个字——懒！"我听后，低下了头，小声说道："我下次不马马虎虎了。"我本以为可以让妈妈平静一下，可谁知妈妈却皱起了眉头，厉声喝道："少拿马虎当借口，哪个做父母的不望子成龙，望女成凤。妈那个年代的学习环境哪有你好，妈真是恨铁不成钢。虽然一时的成绩不能决定你的未来，但可以决定你一时的态度！"说罢，又给我分析起了错题。

我从心里知道妈妈的唠叨是为我好，她整天都在为我的学习和衣食住行操劳，不知不觉，操劳出了白发，操劳出了皱纹，那看似平凡又令人头疼的唠叨，却是世上最美的声音。我下定决心一定要好好学习，不枉费妈妈的一片苦心，以好的成绩来回报妈妈。这正像古诗中说的："谁言寸草心，报得三春晖。"

妈妈的唠叨饱含了多少担忧与无私的爱呀！母爱是一本我们一生也读不完的巨著；母爱是一片我们永远也飞不出去的天空；母爱是妈妈喋喋不休的唠叨声。妈妈的唠叨，是世界上最美、最动听的声音，是一位母亲对孩子无法用语言表达的爱！

（指导教师：谭妹娥）

我想生病

曹 斌

很多人都特别害怕生病，对它恨之入骨、敬畏三分。可是，我真是个奇怪的人，像发烧、感冒之类的小病，我有时候，还有点期待呢。

别急，听我慢慢道来。

去年的一天，寒冬腊月，我不幸染上了风寒，发着高烧，头晕目眩的，而窗外寒风凛冽，北风肆无忌惮地呼啸着，真是令人心生畏惧。可怎么办，我还得去上学呀。我焦急了起来，妈妈说："烧得这么厉害，今天就不要去学校了，等病好了再去，今天就在家休息吧！"听了这番话，说老实话，我心里甭提多高兴了，因为我实在难受得爬都爬不起来了。

爸爸先把我带到医院打了点滴，又让我吃了一些消炎药才不放心地去上班，而妈妈就索性留在家里照顾我。她一会儿喂我喝水，一会儿又拿冰毛巾给我敷头，还时不时关切地摸摸我的额头烫不烫，一会儿又给我削苹果，一会儿又给我剥香蕉，忙得不亦乐乎。

真幸福啊！妈妈对我关怀备至，悉心呵护，还满足了我一切的小要求呢，就连平时被彻底隔绝了的电视也向我解禁了，而且还破天荒地让我掌握了遥控器。我觉得好幸福，仿佛一片爱钻进了我的心窝。此时，我享受着妈妈温暖又细心的关爱，还不用背着重重的书包迎着冷冷的北风去上学，我心里美滋滋的。钻在温暖的被窝里，吃着美味的零食，身上的病痛早就抛到了九霄云外。

过了两天，我病好了，又得背着书包去学校了。没想到才两三天，我就落下了一大堆功课，忙得我都喘不过气来。放学后，我对妈妈说，我想吃个苹果，没想到妈妈却把脸一板，严肃地说："吃什么苹果啊，马上就要吃饭了，吃完饭再吃！"吃完晚饭，我恳求妈妈让我看一小会儿电视，可妈妈却严厉地说："你是学生，看什么电视，读书重要还是看电视重要？"

我听了无比茫然，又无比失落，那个前两天对我关心备至的妈妈哪儿去了呢？

哦，难道是我的"病"让严厉的妈妈变温柔了？我，真想再生一场病。

（指导教师：李峰）

妈妈，对不起

王晓洲

期末考试前，我就和妈妈约法三章：这次考试考到前五名，暑假里就带我去北京旅游。北京，祖国的首都，什么故宫啦，长城啦，天安门啦……做梦都在我的脑子里晃悠，我怎么能不为之心动呢？我暗地里憋了一股劲儿，想在这次期末考试来个正常加超常发挥。

期末考试这一天，第一门语文是我的弱项，我小心谨慎地对待，感觉还不错，作文也写得洋洋洒洒；英语，挺容易的，我有些洋洋得意；数学嘛，更难不倒我了，我更加飘飘然了。考完试回到家，我对妈妈夸下海口："妈妈，这次可要让你大放血喽。"妈妈自然高兴得合不拢嘴："为儿子花点钱，妈还是舍得的哟。"

令人遗憾的是，最薄弱的语文我真的是超常发挥——全班第一，英语成绩还算正常，不过最拿手的数学可谓惨不忍睹，竟然有两道计算题空着，两道选择题判断错误，加上题目简单，好多中等生发挥不错，所以我的总分竟然排在第二十六名。我真的不敢想象，从没排到十名以后的我这次怎么会这么惨？

我拖着沉重的步子回到了家。妈妈一看我的架势，早已明白了几分。我不敢正视妈妈的目光，默默地把试卷交给她。好半天，妈妈也没说一句话。我抬头看她，只见她的表情很复杂，既有难过，也有气愤，更多的是失望……我再也忍不住了，哭着说："妈妈，你打我骂我吧！""你这不争气的东西！"一声脆响，妈妈甩了我一个耳光，哭着走进了房间。

晚上，我躺在床上，辗转反侧，难以入眠，我真的好恨自己，我怎么就这么麻痹大意，我怎么就这么不争气呢？不知什么时候，妈妈轻轻地走过来，抚摸着我的头，说："儿子，睡不着吧？白天是妈妈不好，不该那么冲动，其实我也知道你非常想考好，你这次语文不是考得挺好吗？一次失败并不代表什么，下次再努力吧！妈妈想好了，北京之行我们照常进行。"看着妈妈红肿的眼睛，不争气的眼泪再次潜然而下。

　　望着妈妈的丝丝白发，想着妈妈为了这次北京之行省吃俭用，我真的好感动，好幸福！妈妈，谢谢你，我一定会用优异的成绩向你汇报，也一定会用自己的实际行动来报答你的爱。

（指导教师：周国霞）

第二部分　遇到您真的很不错

第三部分

爱的色彩

　　爱是什么？爱就是一盘菜，酸甜苦辣共聚一处；爱就是一个易碎的瓷器，如若不精心保护，一不小心便会四分五裂；爱就是一张白纸，需要人们一字一句地为它添上生活的美好回忆……

　　　　　　　　　　——卢玥《爱的光辉》

撒 谎

黄传珍

打小时候起，爸爸妈妈就经常教育我："不要撒谎，撒谎不是好孩子。"

上幼儿园后，阿姨们也教育我要做诚实的孩子，不要撒谎。她们一次又一次地给我讲小列宁摔碎花瓶的故事，让"不撒谎，做好孩子"的思想从小就在我的心里深深扎下了根。我不想做个坏孩子，因此我从不撒谎，因而经常受到老师和父母的表扬。

哦，原来诚实不撒谎就可以得到表扬。

上了小学，老师依旧教导我们要做诚实的孩子，不撒谎。只是随着年龄的增长，给我们讲的次数也就少了些。冬天的一个寒冷的早晨，我因为赖床而上学迟到了。老师问我为什么迟到，我手足无措，怕挨批评，就随便挤出一句："我……我……我家的闹钟坏了，今天早上没有响。"老师看起来并不生气，就点点头放我进去了。

哦，原来撒谎可以不受批评。

一次，朋友借走我心爱的玩具，过数日后，我去索要时，她说东西不见了。当我转身离开时，却发现她在角落里独自把玩我心爱的玩具。不知为什么，我的心就像是在滴血一般痛。

哦，原来撒谎可以让别人无比伤心。

快到期末考试时，父母为了我的衣、食、住、行等后勤工作操了许多心，付出了很多的精力。一天学校放假，妈妈一边忙着做家务，一边陪伴着我复习。无形的压力使我心情烦躁得很，我随手拿来一摞报纸，准备看看报纸，放松放松。妈妈急忙赶来从我手上的报纸中抽出一张黑胶袋。我忙问她："那是什么？"妈妈的神情非常紧张，说："没什么，只是一张没用的废纸。"我看情况不对，顺手拿过妈妈手中的东西，一看，竟是一张手臂骨骼透视胶片。

"这是你的吗？妈！"我害怕地问。

"没什么，前几天我不小心摔了一跤，就去医院拍了一张，一看没什么大事。你看，这不好好的嘛！"妈妈说着，伸出一只手臂让我看。

妈妈为了不影响我学习，摔跤了也不告诉我，用一句"没什么，只是一张没用的废纸"来欺骗我。唉！想到这里，我的心像被一股暖流紧紧地围住。

哦，原来撒谎有时是出于爱。

我发现了身边的撒谎大致可以分为两类：一类是自私自利的人，为了自己的利益而撒谎伤害他人的，这类撒谎丑陋无比；另一类是出于关爱他人，而暂时不愿说出真相的，因而编造出谎言，这类谎言，就像是泥塘中盛开的荷花，芳香明艳，美丽无比。

（指导教师：廖斌）

081

爱就是放手

王心琛

曾经有一位老人收养了一只受伤的鹰，鹰好后逃走了。几个月后，人们在一座山下找到了死去的鹰。剖开鹰腹一看，鹰的肚中空空如也，原来鹰是活活饿死的。殊不知，鹰在很小的时候，翅膀刚长全就会被母亲推下悬崖，强大的气流推动着它向上升腾，没多久，它就学会了飞翔。

鹰原本应该是在空中自由翱翔，可它却被困在房子中，娇生惯养，失去了捕食的能力，以至于泯灭了天性被饿死了。这就像现在许多家长宠爱孩子一样，孩子过着衣来伸手、饭来张口的生活。失去了独立自主的能力，那他们今后怎样在社会上立足呢？清华大学曾经辞退过一位女学生，原因是该生竟然缺乏穿衣服、系鞋带等日常生活中所必备的能力。我看过一位大师写给朋友的信，里面以一只波斯猫为例，深刻地批评了父母对子女过多的关怀，以至于打掉了孩子的自信心，使他们丧失了继续开拓进取的勇气，而让他们永远也成不了真正的领袖。

美国的孩子到十岁刚学会照顾自己时，就被父母派去卖报纸，挣钱养活自己。他们必须风雨无阻地拿着一沓报纸在街上大声吆喝，有的孩子不愿意干，一分钱也没挣到就回家。于是他们的父母便惩罚他们饿肚子，体会生活的艰辛和挣钱的不易。有时，碰上下雪，他们不能待在有暖气的房内，迎着风雪，扯开了嗓子，也得把报纸卖掉。难道他们的父母不心疼孩子吗？不，这是为了孩子以后能更好地适应社会。他们把爱化作挡路的荆棘，教会孩子只有经受过磨难才能成功，所以美国拥有许多富有创新思想的青年乃至领袖。

父母应该学会放手，明白"不经历风雨，怎么见彩虹"的道理，让孩子们多受点儿困难，他们才能独立，才能更好地在社会上生存下去。父母应该学会对孩子放手，放手也是一种爱。

（指导教师：张路）

愿灾区的明天更好

赵尔雅

这是一个会让很多人铭记一生的时刻。2008年5月12日14时28分，四川省汶川县发生8.0级地震。顷刻间，房倒屋塌，到处是废墟，有不少鲜活的生命还没有享受世间的美好就悄悄地走了。而灾难远没有结束，大地还在痉挛，灾难还在延续，有多少生命还在废墟中呼唤……

一幕悲惨的场景，让我不禁泪如泉涌。一排排书包整齐地摆在那里，这些都是遇难学生的书包。试想一下，几分钟前，不知是哪几个鲜活的生命背着它们，高高兴兴地去上学；上一刻，那些孩子们还坐在教室里做着上课前的准备，而下一秒，他们已经被巨大的钢筋水泥板所掩埋，痛苦着，呻吟着，挣扎着……

对这起特大灾难，举国震惊：报纸头条、新闻特写……消息一发出，全中国人民在那一刹那，心碎了。人们每时每刻都在关注灾区的情况，有人自愿到灾区当志愿者，为灾区人民送去一片温暖。还有许多人，慷慨解囊，捐赠了大批的物资与资金，来救助那些孤儿，让他们知道：你们的父母虽然已经不在了，但还有我们，我们都是一家人！

一个普通的小学女老师，为了保护学生，毫不犹豫地用自己的血肉之躯顶住坍塌下来的房顶，这简直是一个奇迹。可奇迹没有再次降临在她身上，最终，她还是离开了这个世界，但被她护住的四个学生存活下来了三个，并且全都毫发无损。当救援人员把她的遗体挖出来的时候，她仍然保持张开双臂的动作，护住那四个学生。真爱至上，师魂永生！

在救援的过程中，救援人员发现了一位遇难者的遗体，就在这时，余震又发生了，但救援人员凭着职业的敏感，又返回了救援现场。果然，他们又发现一位妇女，可是，她已经走了，只见她双膝跪着，整个上身向前匍匐着，双手扶着地支撑着身体，身体被压得变了形。之后，他们在这位妇女身下发现了一个六七个月大的孩子，还在健康地活着。细心的救援人员又在孩子的襁褓中发现了一部手机，上面显示着一条还没发出去的信息：宝贝，如果你能活着，你要记住妈妈永远爱你……救援人员看到这条短信，纷纷泪如雨下。从孩子那天真无邪的眼神中可以看出，他显然不知道，在这次巨大的灾难中，他的母亲用自己的生命换回了他的生命。这不仅仅是一位母亲出于保护自己孩子的本能，而是一种母性的升华，她死的时候不需要孩子记住她的伟大，她的舍生忘死，只需要她的孩子记住，她是一位母亲，她永远爱她的孩子。

　　浓重的死亡的阴影仍然笼罩在四川的上空，但我们温暖的爱心正一点点地将其驱散。房子倒了，但人们之间的情谊更坚固了；财物毁了，但灾区人民的心越来越温暖了。

　　作为一个小学生，我也捐出了我的零花钱。我坚信：坎坷无法挡住我们前进的脚步，反而会坚定我们的信心；灾难并未抹去人性的光辉，反而更体现出中华民族的伟大与坚强。

　　地震已经过去了三年，但我们不会忘记痛苦，不会忘记曾经的血泪，我们一起努力，重新建设好家园！

　　大悲无言，大爱无疆，愿灾区的明天更好！

（指导教师：赵洪艳）

真爱无痕

钱蔚

爱有多种多样，父母的爱，同学的爱，就连微不足道的动植物，也有它们独特的爱。

——题记

动物们是善良的，它们深爱自己的子女、同伴，如同我们的父母。可是，人类却是如此残忍，竟然利用它们善良的特点，大肆捕杀它们。人类，你们得到了动物的肉体，同时，你们也灭绝了一种爱，一种人世间美丽的真爱。

真爱是那么微乎其微，让你们对它一笑而过不理不睬？不理解这种真爱的人，怎能明白如何用真爱理解别人，感动别人！

人类，你们大量食用野生动物，用各种方式去残害动物，你们真是凶猛的野兽！你们不承认吗？随便找一个事例就能说明一切。你们竟然用残杀的方式去伤害动物，你们灭绝的不是动物，而是人世间最美而又最伟大的真爱。

在沙漠里有种动物叫沙龙兔，沙漠每下一场雨，沙龙兔中年长的那一位总会带头寻找水源，不找到水源绝不回头，随后，会带领大批沙龙兔去喝水。而我们人类，却利用沙龙兔的这种习性，故意设置假水源，当大批沙龙兔到达时，却因根本没水而干渴死掉。人类，这残暴的猎手，轻而易举地捉到了沙龙兔。你们太虚伪，在动物面前不羞愧吗？

在树林里有一种树虎，在树木砍光时，它却不走，它很怕人。只要有树虎被树胶固定在树上，不再动弹，就总会有树虎的伙伴来喂养它。人类却利用动物之爱设置了陷阱，把树虎一网打尽了。

真爱无痕，动物都拥有真爱，人类为什么不能拥有？让我们珍惜真爱，让真爱之花开遍我们美丽的地球。

085

第三部分·爱的色彩

（指导教师：范婷婷）

爱的光辉

卢 玥

　　爱是什么？爱就是一盘菜，酸甜苦辣共聚一处；爱就是一个易碎的瓷器，如若不精心保护，一不小心便会四分五裂；爱就是一张白纸，需要人们一字一句地为它添上生活的美好回忆……

　　记得那是2008年5月12日，四川汶川发生了8.0级大地震，许多人被埋在废墟下。湛蓝的天空被无尽的灰尘笼罩着，四周全是塌陷下来的房屋，不时还会有余震发生。可是即使在这么恶劣的环境下，一群狗在战士的带领下却毫不畏惧地威风凛凛地站着，它们就是地震中的天使——搜救犬。

　　在一群搜救犬的中间，最引人注目的是一只雪白、矫健的狗，它昂着头，摩拳擦掌，似乎已经准备好冲上"战场"营救人员了。它叫公爵，牵着它的是一名朴实的战士。搜救已经刻不容缓了，公爵带头一个箭步冲上废墟，在木板、钢筋、石头下用鼻子寻找人的气味。几天过去了，公爵已经救回不少人。最欣喜的无疑是它的主人了，他不时夸奖它几句，给它一些食物补充体力，无微不至地照顾它。

　　可是灾难降临了。这天，公爵在钢筋底下又发现一个活着的人，它高兴得尾巴直摇，眼睛里闪着兴奋的光芒，马上冲进仅能伸头的洞口。可是突然，钢筋断裂，露出了里面的铁丝，残忍地在公爵的肚子上划下一道深深的口子。当战士们把它抬出来时，它已经疼得死去活来，喘着粗气，不时发出几声呻吟。它的主人在它旁边放声大哭，公爵仿佛听得懂似的，安慰地蹭了蹭他。突然，那个战士脸色凝重，抱着公爵来到了山上。不一会儿，山上传来了一声枪响和一阵撕心裂肺的哭声，惊得鸟儿飞出了山。

　　这是一种多么强烈的爱，为了使公爵不再受疼痛的折磨，战士果断地杀了公爵。虽然公爵死了，但是它已经在战士和那个幸存者的生活的纸上留下了光辉的一笔。

（指导教师：董萍）

大爱无疆

江依夕

　　爱是什么？是亲情？是友情？还是……前几天，我在电视上看到一条新闻，一个小女孩父母的行为，给了我们最好的答案。父母含辛茹苦地带着一对儿女生活在贫困的乡村，生活艰难，靠种地为生。一天，当他们照常在大棚干活时，意外发生了：在一旁独自玩耍的女儿失足掉进了池塘，沉了下去。听到一旁的小孩的呼叫声，救女心切的母亲本能地跳了下去，父亲也不顾一切地跟着跳了下去，事后得知，他们都不会游泳。结果，小女孩父母再也没有露出水面，而他们的女儿却奇迹般地浮了上来，经过抢救，得以存活，或许，这就是小女孩父母爱的奇迹吧！

　　看完这条新闻，我的眼睛湿润了！不是吗？我们每天都生活在爱孕育着的世界中。父母对我们的百般体贴是亲情的爱；朋友和我们之间的友好交往是友谊的爱；老师每天教育我们是信任的爱。爱，总是在无形中产生，看似平凡，却又那么的美丽。当我们不小心跌倒，被一双温暖的大手扶起时；当我们无助，被一颗温暖的心帮助时；当我们迷失方向，被一句温暖的话语唤醒时，感受到的，除了爱，还有什么呢？

　　为什么当我们犯错时，父母能一次次地宽容我们？为什么当我们误入歧途时，老师还要煞费苦心地开导我们？为什么当我们陷入困境时，会有如此多的好心人来帮助我们？不是因为别的，就是因为爱。因为爱，所以不言放弃；因为爱，所以无怨无悔。父母、老师，还有千千万万的好心人，都是因为爱才教育我们、培养我们、帮助我们，如果没有爱，有谁会愿意去帮助一位素不相识的人呢？或许有人认为，爱只能用心去感受。其实，奉献也是一种爱。奉献是一种无私的爱。你可曾想过：是什么让人们心甘情愿地伸出援助之手？是什么让解放军战士驻守边疆，冒着生命危险保卫祖国？是什么让各个岗位上的人日夜工作、辛勤奉献？是怜悯的爱，是对工作的爱，是对祖

087

第三部分　爱的色彩

国无比赤诚的爱！是啊，无私是爱，爱是无私，爱是世上无可媲美的！

其实，不仅仅是人类，动物也有自己的爱。你可看见鸟妈妈不辞劳苦地为小鸟寻食，亲自为小鸟喂食，直到它能自理；你可看见蜘蛛妈妈产下小蜘蛛，宁可牺牲自己作为小蜘蛛的食物，也不愿看着自己的孩子因为营养缺乏而死；你可看见公象为保护小象，不顾自己受伤，奋不顾身地一次次赶走疯狂的狮群；你可看见羊妈妈为了保护小羊，与凶恶的狼浴血奋战……这样的事例不胜枚举，许多人为此感到震惊，在我们看来再普通不过的动物竟然也有崇高的爱。在动物世界中，父爱是无畏的，母爱更是仁慈的，没有任何道路能阻挡爱的脚步，没有任何事物能阻碍爱的前进，多么伟大的爱呀！

想想这各种各样的爱，再回过头去看看那对父母的爱，或许，你会问："为什么在爱的过程中充满了危险，人们却仍旧心甘情愿？"不错，爱是矛盾的，有时必须在生与死之间做出抉择，可即便是这样，许多人依旧愿意将自己的生命奉献给爱。是啊，大爱无疆，爱是博大的，爱是美好的，爱是无边无际的！

（指导教师：吴丽君）

地震中献身的老师，你们走好

李欣怡

假如没有地震，我们就可以和四川的小朋友一起过六一儿童节了。假如没有地震，四川也不可能死伤无数。虽然地震摧毁了我们的家园，但永远也摧毁不了我们美丽的心灵家园，因为我们有爱，我们会用爱来重新建设我们的家园。

而在地震最危难的一刻，有一群人，他们用生命无数次奏响了荡气回肠的颂歌。他们就是伟大的人民教师，他们向世人展示着他们的良知，他们用鲜血甚至生命维护师尊，铸就了师魂。

袁文婷，她是一名光荣的"80后"人民教师，地震发生时，教室里很多孩子都吓得呆住了，不知所措。为了最大限度地减少孩子们的伤亡，袁文婷一次一次冲进教室，用柔弱的双手抱出一个又一个孩子。当她最后一次冲进去时，楼完全垮塌了。一个正值青春年华的鲜活生命就这样陨落了，然而，那些孩子却因此而活了下来。这是多么崇高的一种精神境界啊！

"摘下我的翅膀，送给你飞翔"，张米亚老师用生命诠释了这句歌词。当汶川县映秀镇的群众徒手搬开垮塌的镇小学教学楼的一角时，被眼前的一幕惊呆了：一名男子在废墟上，双臂紧紧搂着两个孩子，两个孩子还活着，而他已经气绝！由于紧抱孩子，手臂已经僵硬了。救援人员只得含泪将双臂锯掉，把孩子救出。

地震让世界看见中国人的爱是那么无私，那么伟大。让我祝福张米亚、袁文婷、谭千秋等为救学生献身的老师一路走好！

（指导教师：李建萍）

第三部分 爱的色彩

舍弃也是一种爱

向 颖

在沙滩上，有许多爱的贝壳，每一个贝壳身上都映照着一个响亮的名字：关心、赞誉、表扬、磨炼……它们都是用爱塑造成不同形式而存在的。然而，在这众多的贝壳中有着一个与众不同的爱的贝壳，它的名字叫——舍弃。

2008年5月12日，一阵阵地动山摇后，我们的泪眼投向了同一个地方——四川汶川。这一瞬间，摧毁了许多房屋，摧毁了许多设施，摧毁了许多铁路，却摧毁不了我们之间的团结与爱的桥梁。

地震发生后，广大官兵在第一时间赶赴现场抗震救灾。他们冒着山体滑坡、交通堵塞以及余震等重重危险，为的就是能多救一个人。他们舍弃了与家人团聚的时间，甚至是宝贵的生命，为救灾献出了自己的一份爱，同时我拾起了这第一个贝壳。

在这突如其来的灾难中，一位幼儿园老师来不及多想，抱着身边最近的两个孩子就往房外跑，她救了小孩。然而，她也是一位母亲，当时她的孩子也在园内甜甜地睡着。母亲只能在心里暗暗自责：对不起，不是妈妈不爱你。在德阳东汽中学的教学楼废墟里，救援人员发现了一位老师的尸体，在他张开的双臂之下有一张讲桌，下面是四个活着的学生，他像一只展翅的雄鹰守护着他的孩子。同样是老师，他们的职责是"传道、授业、解惑"，本来不包含舍生取义。一位舍弃了自己孩子的性命，一位舍弃了自己的性命，离开了他们幸福的家庭……我又找到了两个贝壳。

地震之后，全国人民发起爱心，纷纷向灾区捐款、献血，当人们用不同的形式表达自己的爱心时，他们舍弃了很多。我又找到了很多贝壳。

爱的贝壳遍布了沙滩，沙滩就是中华大地，贝壳将其覆盖得严严实实，灾难无法战胜爱。这爱是无私的、深沉的、博大的、温暖的。爱的光芒充满整个贝壳，撒在沙滩上的每一个角落，在太阳的照耀下，闪闪发光……

有一种爱叫舍弃，舍弃也是一种爱！

（指导教师：周丽）

爱无边界

曹逸凡

母子亲情，对于人类、对于动物同样重要，它曾经保护过许许多多弱小的生灵。因为有它的存在，世间生灵才可以世世代代延续下去。而它也成为人世间奉献最多也是最伟大的一种爱。

我曾经在报纸上看到这样一幅画面：几只小狐狸正在努力挣脱自己身上的皮毛，将它奉献给它们的母亲。狐狸妈妈身上如同棉袄般的那层毛茸茸的东西，已经不见踪影了。而它却还在哺育那群还未成熟的狐狸宝宝们。它眼睛里涌出了泪水，已经湿透了全身。狐狸妈妈甚至有些绝望，正在用尾巴抚摸着它那些孩子们。此时此刻，正准备狩猎它们的猎人已经发现，在他设好的陷阱上只剩下了一堆狐狸的皮与那零零散散的棕毛，当他以为是哪位好心人救走它们的时候，一旁的山洞中却发出了悲惨的喊叫。

那时，狐狸妈妈快要去天堂了，但它仍然在喂它的宝宝们，它好像坚信自己能撑过这一关。此时此刻，我的泪水已经滴落到报纸上，渗透了画面与文字。图片上的信息显示那时正值秋天，秋风瑟瑟地吹着，洞中的惨叫声越来越密，越来越刺耳，连那些可爱的狐狸宝宝都哭了，为它们妈妈的疼痛而哭；为他们妈妈的养育之恩而哭；为天底下所有母爱做出的牺牲而哭。狩猎者看到这感人的一幕时，就将狐狸妈妈的外套给它披上，并用自己的身体堵上了洞口，让洞中变得温暖如春。此时此刻，狩猎者也哭了，他为他的所作所为而感到伤心与悲痛。这感人的一幕，犹如一股暖流涌入他的心田，将他冰冷的心完全感化了。从此他再也没有去狩猎。

是啊，天地间的母子之情无处不在，她就像一把巨伞，为那些勇于奉献与付出的母亲遮风挡雨。但是，你曾经想过没有，母亲为了你流了多少汗，吃了多少苦，可你却没有察觉。天底下，没有哪一位有孝心的子女，不为了妈妈的辛劳而热泪盈眶？天底下，唯有母爱最能打动人的心。

谈起"母爱"这两个字，所有人以及动物都会感到欣慰无比。像南极的企鹅妈妈那样，为了不让自己的孩子受冻，让它躲到自己的身体里取暖生存，而企鹅妈妈自己却要抵抗严寒。

之所以有以上两个故事的出现，是因为母爱的伟大与纯真。在此我要告诉大家，对于母爱我们都快忘掉了，对于母亲的付出，我们都快毫无察觉了，但不要忘记母亲对你深深的爱！记住，母爱是伟大的！

（指导教师：杨晓辉）

爱心接力赛

谢婷艳

爱是一盏灯，黑暗中照亮前行的远方；爱是一首诗，冰冷中温暖渴求的心房；没有人能丈量爱脚下的路有多长，没有人能测试心中的爱有多深。唯有时间，时间的目光可以一刻不停地注视着爱的身后和前方。惊人的速度拍出爱的瞬间，明晰着爱的足迹，追随着爱的人们，记录着爱的故事。请看下面——挑战困难爱心接力赛。

接力棒一：2008年5月12日下午，四川发生了8.0级的特大地震。世界为之颤抖，中国为之痛心。灾难降临了，但爱的使者也随之出现了。

在这场与死神赛跑的较量中，人们都在全力以赴地传递着那用爱心凝聚成的接力棒，不分民族，不分国度，不分大小，不分强弱。在瓦砾上不停刨挖的手，将接力棒传给了为受伤群众打针换药的手；拿着相机、话筒进行采访的手，将接力棒传给了排着长队捐款的手……老人传递给了儿子，丈夫传递给了妻子，妈妈传递给了宝宝，陌生人传递给了灾区的人，灾区的人又传递给我们国家的主席……在这场与死神抗争的接力比赛中，我们度过了那段最艰难的日子。灾后重建、心理辅导……爱的接力棒在继续传递。我们大喊："勇气在，我们不会后退；真情在，我们不会放弃。"

接力棒二：2009年8月，"莫拉克"台风席卷宝岛台湾，重创台湾。都说"大难更显大爱，天灾尤见真情"，大家纷纷捐款捐物，使台湾同胞看到了希望，拥有了信心，感受到了温暖。两岸人民血浓于水！经过海峡两岸的共同努力，灾难终于畏惧，我们高喊："让温暖在我们手中传递，让爱在我们的心中蔓延。"

接力棒三：2010年春季，我国西南五省面临少见的世纪大旱，五千多万同胞受灾。这场世纪大旱，牵动着无数炎黄儿女的心，中国人的心都碎了。一方有难，八方支援。大家纷纷捐款，送矿泉水，扛桶装水，奔赴灾区挖掘

"爱心井"，将爱的甘霖洒进灾区同胞的心中。在大家的共同努力下，旱魔退缩了。我们呐喊："献出一份爱心，让希望绽放光彩；奉上一片真情，让生命焕发奇迹。"

危难时刻见真情，危难时刻更见精神。我们无法控制大自然的"行动"，但我们可以万众一心，众志成城。我们用爱心取暖，我们无所畏惧。

一个中国人的爱心也许很小，但十三亿中国人的爱心便会聚成海洋。我们在爱的世界里不懈努力，不懈追求，时时刻刻做好传递接力棒的准备。

让我们少说点儿，多付诸行动！只要每个人在自己的范围内多跑出一米的路程，我们就能把爱心的接力棒传到更远的地方。让我们用最真挚的感情、最真诚的爱心、最积极的行动，将爱传递，直到永远！

（指导教师：林巧铃）

动物也懂感恩

胡加琨

世间万物皆有爱，并不是只有人才有爱。相反，有些动物的爱还是人类理解不了的更为深沉的爱。

动物之中也有父爱。比如说雄蜘蛛，每一只雌蜘蛛在新婚之夜后，都会把交配后的"新郎"雄蜘蛛吞下肚子，并且每只雄蜘蛛都是心甘情愿的。这是为什么呢？原来，为了有足够的营养养育新生的蜘蛛宝宝，雌蜘蛛便会将雄蜘蛛吞下肚子补充养料，为了成功生下宝宝，每只雄蜘蛛都是心甘情愿牺牲自己。

动物之中也有友谊之爱。比如说蚂蚁，在火灾来临之时，蚂蚁家族都会抱成一个黑球滚出火海，外面一层蚂蚁会被烈火炸得"噼啪"之声不绝于耳。但是蚂蚁们为了自己的朋友和亲人能够活下去，它们宁可让火焰夺走自己的生命，也要守护圆球中心的蚂蚁。若不是这样，渺小的蚂蚁家族定会在火灾之中烧得全军覆没、消失殆尽。

动物也懂感恩。在2004年的印度尼西亚的海啸中，有一个人在海啸中幸免于难，这是因为有一只大海龟拼尽全力将他拉上了岸。几年前，是这个人在浅海区救下了这只海龟，让它逃离了水母的魔爪。他没有想到，他当时救下那海龟仅是出于怜悯之心，可是那只海龟却以这种方式报答了它，以救他的生命报答了他的救命之恩。

其实，动物们也是懂得爱的，并且有时会以特殊的行为来解释这爱的含义。所以说，整个世界上都充满着爱。对于我们人类来说，是不是更应该去珍惜身边的爱呢？

（指导教师：孙慧敏）

有一种爱叫放手

胡 洁

原本以为爱要紧紧地锁在身边，不许别人抢走，直到经历了那件事，我才明白真正的爱叫放手。

几年前的一个夏天，我在江边走着，忽然看见有只小乌龟似乎是被浪冲到岸上的，我见它可怜，便把它捡起来放在手上。越看这只乌龟，我就越发觉得它可爱。它的壳上有些裂纹，小小的脑袋伸进伸出的显得羞涩。想到这里，我便把它带回家养着。回到家，我便拿着水缸把乌龟放进去，把里面灌满了水。

每天放学回家，我都要看它一眼，还给它喂食。它的警觉性很高，每次给它喂食时，它先是碰一碰食物，然后就把脑袋与四肢缩进龟壳里，过一段时间，它觉得没事了，再伸出脑袋，张开小嘴慢慢咀嚼食物。

096

过了一阵子，小乌龟便食欲不振起来。我开始以为它病了，后来爸爸对我说："小乌龟想家了，是该将它放生的时候了。""不，不能放生，因为我爱它，所以我不能让任何人动它，我要把它紧紧地锁在身边。""你错了，你根本不懂什么是爱。""我不懂，难道你懂？"我生气地反驳。"对，真正的爱不是索取，而是放手，把你所爱的事物抛开。当你所爱的事物不爱你而思念家乡的时候，你应该让它快乐、幸福，不能让它受伤。如果把自己的快乐建立在别人的痛苦之上，这是爱吗？不，不是的。"父亲抚摸着我的头亲切地说。"您的意思是让我将它放手，任由它怎样？""没错！""好吧，但愿它能快乐、幸福。"我勉强点了点头。"一定会的。"

于是，当天我和爸爸便将小乌龟带到江边放生了。那天晚上我做了一个梦，梦见小乌龟找到妈妈了。

每每想起这次事，我都回味无穷。爸爸说的话让我明白，世间的爱竟是如此复杂。爱，要学会放手，不是每一种爱都是将所爱锁在身边。

（指导教师：王春华）

无声的爱

胡以玮

爱分许多种，有母爱、父爱……其中，父爱如山就是无声的爱，如果只有母爱而没有无声的爱，那是不行的。只有两种爱合一，才能使你成为一个善解人意的人。

我看到过一件真实的事情。一个比我小几岁的孩子在学自行车，他摔倒了，放声大哭，希望父亲能帮他一把，可是在一旁的父亲却对此置之不理。人们纷纷指责那位父亲太狠心，见孩子摔倒竟不管。我也在心里暗暗责怪那位父亲，同时也指责我的父亲，因为他和那位父亲一样。当时，旁边有位当老师的人说："你们别指责那位父亲，其实他也心痛呀！他只是想让孩子在风雨中磨炼，让他变得更坚强！"一席话，说得人们恍然大悟，我心里也明白了我父亲的用意。

以前，妈妈上班，而爸爸在家照顾着中风的爷爷，所以，家里的一切爸爸说了算。一天，我起床了，吃完早点，正要写作业，爸爸说："把被子叠好。"我说："你帮我叠一下。"爸爸严肃地说："不行，自己的事情自己做！"唉，没办法，我只好从命。我学滑板也一样，爸爸叫我一个人练，结果我站在上面就摔跤，这样连续十几次，虽然我学会了滑板，但身上也跌得青一块紫一块的。现在，终于知道爸爸为什么在一旁冷眼看着我，因为他想让我经过不断地磨炼，变得更坚强。他想让我变得更稳重、更成熟，不是"小王子"、"小公主"，而是一个善解人意的孩子。

有时，你会觉得无声的爱你感觉不到，接受不了，这正是"润物细无声"，这种爱随着时间的推移会越长越香、越醇越浓。

（指导教师：丰达强）

第四部分

我心中的太阳

　　我的家乡有一个大梨园，一到初春，树枝上便爬满了雪白的花苞，花微微泛着淡黄。走在梨树间，花香阵阵扑鼻而来，使人飘飘欲仙。远远望去，一簇簇、一团团，仿佛是花的海洋、花的世界。走近一看，梨树上的梨花，有的含苞欲放，有的蓓蕾初开，有的已经绽开了笑脸。漫步梨花丛中，仿佛置身于"雪的世界"。

——乔丹《令人向往的家乡》

令人向往的家乡

乔 丹

迎着家乡的春风，踏着泥泞的小路，我走进了盼望已久的家乡。

家门口那棵高大粗壮的杨树，是那么笔直、挺拔。院外那一朵朵淡黄色的野花，在风中是那样傲然。雨后，她们在阳光的照耀下，是那样明媚，使人眼前一亮，而她们那婀娜的身姿又是那样光彩夺目！

走进碧绿的原野，就会感受到小草在给你按摩。躺在原野中，不仅不会被虫子咬，还会感到像躺在最豪华的波斯绒地毯般的柔软。那一条条清澈的小河，比净化了的矿泉水还要清澈透明。院外从石缝中冒出的娇嫩的野花，可比花店里那些在温室中生长的鲜花茁壮多了。

我的家乡有一个大梨园，一到初春，树枝上便爬满了雪白的花苞，花微微泛着淡黄。走在梨树间，花香阵阵扑鼻而来，使人飘飘欲仙。远远望去，一簇簇、一团团，仿佛是花的海洋、花的世界。走近一看，梨树上的梨花，有的含苞欲放，有的蓓蕾初开，有的已经绽开了笑脸。漫步梨花丛中，仿佛置身于"雪的世界"。

盛夏时，一个个梨子呈现在我眼前，令我目不暇接，把梨树的枝丫都压弯了腰。金秋时节，一个个金黄色的梨子，香气诱人，让我的"馋虫"又开始对我反抗了！我伸手摘下一个大梨子，咬了一大口，能听见"咔嚓"的声音，清凉可口，直沁心脾。果肉是那么水灵灵的，好像只要轻轻一捏，果汁就会溢出来似的，忍不住让人又咬一口。

我爱我的家乡，爱那春风吹又生的小草，爱那错落有致的枝叶，爱那香气怡人的果园，更爱那甜美无比的果子。

家乡，不论什么时候，不论什么季节，都那么令人向往。

（指导教师：李文娟）

故乡的橘子

刘若尘

我的故乡在余江，那里盛产橘子。我爱故乡，更爱故乡的橘子。

阳春三月，细雨绵绵，故乡的橘子树枝头发出了嫩芽，一棵棵橘子树贪婪地吮吸着阳光的精髓，开出了美丽、洁白的橘子花，从远处看，就像一树树美丽的繁星。橘子花的香味淡淡的，像秋日的菊花。

炎炎夏日，橘子长大了，这时的橘子跟小拇指一样大，形状像一个个小皮球，颜色是绿色的。如果有的小朋友嘴巴馋了想吃，忍不住摘下一个，用小刀削掉皮，把一半放到嘴巴里咬一口，呀，酸溜溜的，此时橘子还没有成熟哩。

金秋十月，橘子的颜色由绿变黄，远看就像一团燃烧的火焰，近看像一个黄澄澄的小灯笼，令人口水直流三千尺。果农把一个个黄色的大橘子摘下来，装进纸箱运到城里去卖。而每逢节假日，城里的人就成群结队到果园里摘橘子，看到人们吃得那么开心，玩得那么开心，自己又赚到了钱，真是一举多得。

我也买了一斤。到了家，我拿出一个橘子先掂掂，大概有二两多重。剥开橘子皮，顿时，一股清香扑鼻而来，你可以看到白色的桔络，里面的橘子好像葫芦娃一般拥挤在一起，正在开着紧急会议呢。掰下一瓣，这桔瓣像一轮金色的明月，咬一口，那甜甜的、凉飕飕的汁水很快就充满了你的嘴巴。这才是真正的橘子，多甜呀。

冬天来了，果农们把橘子贮存起来，等到春天又能卖个好价钱。

故乡的橘子品种很多，有金桔、蜜桔、家乡桔、沙糖桔。金桔、蜜桔跟乒乓球那么大，而家乡桔却跟小拳头一样大。橘子全身都是宝，桔皮、桔络可以入药，桔皮还可以做成陈皮糖。果肉就更不用说了，不仅味道可口，而且含有丰富的维生素C，可以增强抵抗力呢。

怎么样，我故乡的橘子还不错吧。

（指导教师：李玲玲）

101

第四部分 我心中的太阳

淡淡的节日浓浓的情

魏 娟

每年农历正月初一，是我们中国人的传统节日——春节。春节并非是一个节日那么简单，它还意味着新的一年的开始，也预示着我们一切都要比以前更好。

我今年十四岁了，对于春节早已不再陌生，甚至熟悉透了。今年的春节令我难忘，尤其是除夕那一天。

在我们这里，除夕的时候，家家都要吃团圆饭、贴春联、放鞭炮。

我先说说吃的习俗吧。嘿，今年我吃得确实是心满意足了。躺在床上，我就想早上要吃点清淡的，好为中午的团圆饭做准备啊！团圆饭都比较丰盛，而且我们这的团圆饭是在除夕那天的下午。所以，你看我这个小馋猫早饭还没有开始就操心起午饭来了。咦，这是什么味道？我被这诱人的香味吸引住了，我连滚带爬地起床了，连纽扣都没有系好。顺着香味，我掀开锅盖一看，哇！是我最爱的鸡汤，这时我顾不上是清淡还是荤菜了，急得口水都要流了出来。妈妈看见了，我只好把口水吸了进去。我尝了一小口，淡淡的，没有什么味，再喝一口，溢出浓浓的香味，细细地再品尝心里就感受到从来没有的温暖。等到我尝第四口，那味道更浓、更香、更令人陶醉了。我被热得眼泪都流出来了，不知是汤太烫了，还是妈妈的爱太浓了。

等到下午吃饭的时候，我已经不饿了。在大人们吃饭的时候，我便和姐弟们拿春联到处贴，我们高兴地一蹦一跳，连猪圈和鸡圈的门上都贴上了。你瞧——致富财源天天来，发财好运时时到。怎么样，还可以吧？类似的好多呢。贴完以后，我们心里别提有多高兴了。

我们在外面堆着雪人，打着雪仗。弟弟把鞭炮插到了雪人的眼睛上，"嘭"的一声，刚刚堆好的雪人头就没有了。哎，多么调皮的弟弟啊！

(指导教师：姜学娥)

我们永远爱着祖国

王佳莉

我们拥有北国的飘雪、南疆的红棉；我们拥有华艳的丝绸，精美的瓷器；我们拥有曹雪芹的《红楼梦》、罗贯中的《三国演义》；我们拥有巍峨的长城，奔腾的黄河……昨天的祖国是苍劲秀丽的，今天的祖国是繁荣富强的。因此，我们骄傲，我们自豪。祖国，一个庄严而神圣的词语，深深地刻在了我们心中。

忆往昔，在血雨腥风的战争岁月里，有多少优秀儿女为了民族的解放事业，抛头颅、洒热血，战火中出生入死，监牢里坚贞不屈，刑场上大义凛然。他们用生命、热血换来了华夏民族的新生，从"不惜千金买宝刀，貂裘换酒也堪豪"的女侠秋瑾，到"一腔热血勤珍重，洒去犹能化碧涛"的邹容；从江姐到刘胡兰；从黄继光到董存瑞……无数英烈用他们的生命，谱写了一曲曲壮烈的爱国乐章。难道他们不知道生命的可贵吗？不！他们非常珍惜自己的生命，但是他们深深懂得：在祖国危亡之时，作为一个中国人，保卫祖国、拯救祖国是自己的责任。正是他们用宝贵的青春和热血，为我们创造了今天的美好生活。

看今朝，时代的列车已进入21世纪，爱国又注入了新的内涵。爱国不再变得虚无，爱国也不再是为祖国抛头颅、洒热血。今天的爱国是在汶川地震后向灾民伸出援救之手；今天的爱国是在北京奥运付出辛苦后夺得的一枚枚奖牌；今天的爱国是"神七"的升天、人类的太空漫步……而我们要做的，应该落实在爱学习、爱学校上。

望未来，建设美好社会任重而道远，永远不忘祖国，向着明天勇敢地前进。周恩来总理的志向是为中华之崛起而读书，我们也要为中华而不顾一切地努力奋斗。

我们是中国人，中国永远在我们心中，我们永远爱着祖国！

（指导教师：赵念春）

103

第四部分 我心中的太阳

我心中的太阳

朱雨静

　　世间的万物，离不开太阳的滋养；世间的万物，离不开太阳的哺育……如果没了太阳，世界将会怎么样？我不敢想象，也不愿去想。我只知道是太阳让世界充满生机、充满爱！

　　春天的太阳，温柔恬静，她轻轻地抚摸着小草的头，默默地亲吻着花儿的脸庞，静静地梳理着柳树的长发，悄悄地让大地生机勃勃……

　　夏天的太阳，热情豪放，知了和她玩耍，不时发出"吱吱"的笑声；荷花和她玩耍，露出了迷人的笑脸；人们和她玩耍，汗珠滚进了笑靥……

　　秋天的太阳，宁静高远，金灿灿的稻谷、沉甸甸的高粱、挂满枝头的水果……让人一看就知道什么叫收获。还有秋天的使者——凉爽的风儿偶尔客串，令人倍觉惬意……

104

　　冬天的太阳，矜持强悍，北风再猛，总有阳光一片；冰雪过后，仍是春回大地。即使是三九隆冬，有了太阳，人们心中就有温暖，也就能战胜寒冷。太阳是严寒中的希望，是冬天里的火种。

　　太阳是无私的，她把每一分光每一分热，都无私地奉献给人类，看见她，心头便会涌起那久违的温暖。老师是"太阳"，他把知识毫无保留地奉献给学生，让我们尽情吮吸着知识的甘霖；妈妈是"太阳"，用她勤劳的双手、无私的爱，为这个家默默付出；教练是"太阳"，为了运动员的佳绩，在背后付出无数艰辛；泥土是"太阳"，他把养分供给了植物，让他们在大地上茁壮成长；海洋是"太阳"，他努力地为海洋动植物营造一个温暖的家、一个快活的乐园；森林是"太阳"，他给鸟儿一个展示歌喉的舞台，他为人类净化空气、阻挡风沙。

　　太阳又是那么的留恋大地，傍晚时分，她还是想把自己的美留给大地，她恋恋不舍地看着世间万物，身旁的云彩也被她感染，哭红了双眼。总该要有分别，她被月亮硬生生地拖走。太阳多么爱大地，黎明时分，她静悄悄地起床，睁开如水的眸子，看着一切欢迎着她的到来。

我心中的太阳是那么无私，那么热情，只觉得她好美、好美……

（指导教师：张启道）

我爱家乡的特产

陈俊男

　　我的家乡在重庆，那里有很多的土特产，而今天我为大家介绍的是在重庆城里家喻户晓的"明星"——柚子。

　　一提起柚子，人们就很自然地想到柚子的"老家"——梁平县。那里是柚子的发源地，同时也是我的老家，现在我就带你们去拜访一下这位"明星"。

　　柚子身披一身"黄衣裳"，而在梁平县有一种柚子更特别，头上戴了一顶尖帽子，肚皮大大的、圆圆的，真滑稽，颇像马戏团里的小丑出场。

　　从柚子树上摘一个柚子，然后把它放在房间里，整个房间都能闻到淡淡的柚子香味，可以给新装修的房间去除异味呢。

　　把柚子切开，你们一定会大吃一惊，里面竟然跟橘子差不多。说来也是，柚子本来就是橘子家族中的一员，正确地说，柚子正是橘子的一种。你肯定会有疑问，柚子那么大，橘子那么小，为什么说柚子是橘子的一种呢？让我来给你解答吧：柚子又名文旦，是世界上最大的橘子。这就是答案。

　　剥开柚子，先拿一小块柚子肉放在嘴里慢慢地嚼，起初你会觉得非常酸，只要你多品尝几块，酸味就越来越少，相反再多吃几块，你会觉得越来越甜。柚子还有一个功效，就是它的"黄衣裳"用开水浸泡后可以治疗消化不良，起到化食的作用。

　　这些柚子好像有了魔法一样，它的外观搭配它的味道，它的味道搭配它的功效，简直可以用两个字来形容——完美。

（指导教师：梁光梅）

安溪的变化

胡诗琦

　　短短三十年，弹指一挥间，山城巨变，万物欣欣向荣，让人遐思无限。源远流长的文化积淀，促使家乡飞速发展，它由一个名不见经传的贫困山区县而闻名全国，这就是我的家乡——乌龙茶之乡安溪。

　　如今的安溪，处处林丰草盛，风光秀丽，环绕四周，绿水青山，让人神清气爽、心旷神怡。而它的发展也日新月异，原先崎岖不平的山路焕然一新，高楼大厦，鳞次栉比；工业园区，点缀其间；大道通畅，绿树成荫；碧湖环绕，似蛟龙腾飞。大龙湖两旁的路灯亭亭玉立，像站岗的士兵。腾飞的家乡，怎能不令人心潮澎湃！

　　漫步于十里长廊，远山倒影，碧草铺地，绿树遮阳，河滨路上水色山光，佳景成趣，令人目不暇接。悠悠蓝溪水、滚滚向东流的大龙湖开设了一些游乐场所，在雁塔每晚伴随着动听的歌声，为老人们创造了一个消遣放松的好场所。

　　漫山遍野是茶的海洋，飘香的茶叶、清脆的茶歌、雅韵十足的茶艺，演绎出博大精深的茶文化，催生出全国最大的茶叶批发市场——中国茶都，其依山傍水的优越环境、快捷便利的交通条件、气魄宏伟的建筑风格，充分显示了茶乡的独特魅力，成为安溪现代建筑的一颗璀璨明珠。

　　而今天的安溪又谋求新的腾飞，各个开发区已初具规模，极大地带动了地区经济的发展，相信不久的将来，它将以更加迷人的风采来招揽来自五湖四海的朋友。

　　安溪的发展是安溪人民艰苦奋斗的结果，今后，安溪的繁荣还需要一代代安溪人薪火相传，顽强拼搏，取得新的辉煌。

（指导教师：孙丽萍）

家乡的春节

王书健

按照我们家乡的老规矩，过春节差不多从冬至就开始了。冬至前后，人们便把鸡、鸭和鹅用笼子关起来，以减少它们的活动量，每天用充足的食物喂养。到了过年时，家禽就长得又大又肥。

腊月二十五前后，人们选择吉日把家里打扫得一尘不染，干干净净迎新年。这时，千家万户都忙碌起来，包粽子、爆米花、炸油条……

除夕可真是热闹非凡哪！家家户户赶做年夜饭，到处都是酒肉的香味；男女老少都穿上漂亮的新衣；门外贴好红红的春联；有条件的人家，还会在门口挂上两个大红灯笼。家家都通宵灯火，鞭炮声日夜不绝。出门在外的人，必定要赶回来，吃团圆饭。这一夜，人们还要守岁和看中央电视台的春节联欢晚会。

大年初一是春节的最高潮。这天，人们不许杀生。早上，要互相讲吉利话祝贺，给小孩压岁钱。从初一到十五，人们都不许讲不吉利的话。吃罢早饭，人们就从四面八方潮水般地涌上街头。街上人山人海，各种庆祝活动也相继举行，唱歌、跳舞、下棋……内容可丰富了。有的三五成群围在旁边观看，耳边不时响起如雷鸣般的掌声、喝彩声。

正月初二这天开始，人们便要到亲朋好友家串门拜年。而初三一大早，大家就起床，开门扫地，把扫成堆的鞭炮纸清理掉。

汤圆一上市，春节便接近了尾声。正月十五这天晚上，有张灯结彩、猜谜踏歌的活动，突出了一个"闹"字。人们还要吃汤圆，预示着新的一年圆满吉祥。过了这天，春节也就过去了。农民们开始准备春耕，人们又开始了忙碌的生活。

这就是我家乡的春节习俗，我爱家乡的春节。

（指导教师：李进）

我爱家乡的马鞍岭

易子恒

　　我爱家乡的同乐园，也爱家乡的九龙水库，但我更爱家乡的马鞍岭。马鞍岭的一年四季都有它独特的魅力，展现了它的不同风采。

　　春天，是万物复苏的季节，马鞍岭上的树木也长出了嫩叶，竹林的叶子也青青的，路边开满了野花，一走进马鞍岭，就有一股清香扑鼻而来，真是太美妙了！万物生机勃勃，展现了一派迷人的景色，而人们也感应着春的号召，怀抱大自然感受春的沐浴。早晨，人们从四面八方来到这晨练，有的爬山，有的散步，有的打拳，有的呐喊，有的唱歌……马鞍岭热闹极了。

　　夏天，樟树、梧桐树的叶子葱茏茂盛，每一片树叶上都仿佛有一个生命在颤动。马鞍岭仿佛是一座"绿山"。你可别以为夏天的马鞍岭就清净了。大约下午两点半开始，马鞍岭就有人爬山了，而我，也习惯于和小伙伴们在这时开始一场充满趣味的行动——爬山比赛。

　　秋天，马鞍岭便魔术般地从 "绿山" 变成一座"金山"。虽然，树叶都枯黄了，但金色的叶子更是别有一番风味。飘飘扬扬落下的一片片树叶，让你仿佛走进一座"金山城"。真是"满山尽带黄金叶"。

　　冬天，虽然叶子消失了，爬山的人也逐渐变少了，但雪花的"光顾"使马鞍岭同样精彩。雪白的马鞍岭如同一座"雪城"。山里到处是一簇簇的白雪，仿佛让人置身于一个光明和纯净的世界，令人流连忘返。

　　马鞍岭一年四季景色诱人，是一个休闲娱乐的好去处。

（指导教师：王冰）

我爱家乡的山水

刘钊宇

你们到过我的家乡——山城重庆吗？在这里，山是一座城，城是一座山，顾而得了山城之名。

黄山、泰山虽以它雄奇壮丽驰名世界，山城则以它独特的地理环境而闻名国内外。像歌乐山，在新中国成立前国民党反动派为了统治中国，在歌乐山上秘密地设立了许多监狱，如白公馆、渣滓洞，因那里四面环山、地势复杂而被国民党反动派选中来关押被捕的共产党员。那儿是值得我们全国青少年去了解这段历史的真实课堂。

而南山，则以它的俊秀来吸引广大游客。从山脚出发，沿着蜿蜒盘旋的公路而上，在公路两旁到处是郁郁葱葱的树林，那些成群结队的小鸟在树林里叽叽喳喳地飞来飞去。到达山顶，到处是盛开的桃花，路旁的野花万紫千红。到了晚上，还可以到"一棵树"景点观赏山城的夜景，万家灯火，重重叠叠，简直美不可言。

欣赏到山上美丽风景的同时，不要忘了在我们的山脚下，流淌着两条江，一条叫嘉陵江，另一条叫长江。当我们站在朝天门码头上，一眼就会看见两条江的交汇处，嘉陵江的水清澈，而长江的水明显要浑浊些。

我们家就在嘉陵江边不远处，早晨，鲜红的太阳冉冉升起，把江面照得金灿灿的；中午，江面非常的静，把两岸的山都映在江中；夜里，两岸的路灯、霓虹灯倒映在江面上，像无数颗星星在闪烁，把夜色笼罩的江面装点得绚丽多彩。到了夏天的时候，在朝天门码头上，两江边坐满了乘凉和观赏江景的人们，热闹非凡。如果你觉得不过瘾，还可以坐上两江游轮，在船上慢慢观赏两岸的风景。我相信，你肯定会情不自禁地按下快门，把这些美景统统留作纪念的。

我爱我的家乡，更爱家乡的山水。

（指导教师：梁光梅）

小河变了

陈雪雯

随着人们生活水平的提高，环境问题开始在我们生活中显现出来。原本那些简单而又美好的事情，现在看来已经成为永远的过去了，只能作为一份美好的回忆进行保存。拿我和爸爸来说，原本相差不远的两代人，各自的童年生活却有着天壤之别。

听爸爸说他小时候，他最大的乐趣就是夏天能随时随地去河里游泳。当时，小河清澈见底，吸引了众多小动物前来嬉戏。小鱼在水里捉迷藏；天鹅在水中跳起了水中芭蕾；乌龟在水中悠闲地散步；小蝌蚪在焦急地寻找妈妈……每当放学，爸爸一放下书包就去游泳。在水里，他和几个小伙伴一起打水仗、捕鱼、憋气……小河是爸爸同他儿时伙伴开心玩乐的小天地。

看他每次回忆起小时候，都不禁闭上眼睛好好回味一番。可是现在……爸爸一下子从美梦中惊醒过来。现在人们的生活一年比一年好。大多数人都换了小轿车或电瓶车，排放的尾气造成了污染。人们随地吐痰，生活垃圾都倾吐进小河的肚囊。原来清澈的小河变成深绿色，终日散发着难闻的气味。河面时常飘浮着一些易拉罐、塑料袋……人们生活水平不断提高，环境却一年不如一年。爸爸不禁叹了口气："真怀念当时的日子啊！"听到这，我心想：要是我有这个眼福能看一眼爸爸记忆中那条清澈宁静的小河那该多好啊！

人类啊，为了让后代能生活在良好的环境中，请爱护我们的环境，保护我们赖以生存的家园。

（指导教师：梁顺超）

111

第四部分 我心中的太阳

雪之三部曲

王怡婷

最激动人心的时刻到了，那就是——终于下雪了！

雪之现

当我们来到操场上，那雪花如同梅花一片片地飘落下来，有的落在了我们的头发上，有的落在大树上，有的落在乒乓球桌上……周围的一切仿佛沉寂在一片静谧的雪白之中。大树穿上了银纱，小草被雪压弯了腰，大山爷爷披上了白棉袄……校园静静地躺在雪的怀抱中。

112

雪之舞

下课后雪竟然没停，我和伙伴们都纷纷出来欣赏这美丽的雪之舞。此时，雪花在空中舞动，那舞姿婀娜美妙。它用那轻飘飘的身子，挥舞着自己的小手……它们跳着优美的舞蹈吸引着我们，我们也在雪中跳着欢快的舞蹈，玩打雪仗，堆雪人……忘乎所以地陶醉在其中……

雪之殇

唉！快乐的时间那么快就过去了。我还留恋着这冰天雪地。天气虽然很冷，但是同学们那欢快的笑声依然在校园里荡漾着。下午雪化了，大家都在教室里听着那滴答滴答的声音，不知不觉地牵挂起那渐渐消逝的雪。突然，教室里响起了一个声音说："同学们不要伤心，今年的雪没了，还有明年、后年，都会有雪的。"听着这满怀激情和期待的话语，我们心里充满了希冀，来年我们还要欣赏这美丽的雪景。在雪中与同学嬉戏的记忆飘荡在心间。

雪，那美妙的乐曲让我陶醉了。

我在心里对着雪喊道："雪，我爱你。"我期待你下次的降临。

（指导教师：张振）

第五部分

无论你走到哪里

鲜花感恩雨露，因为雨露滋润它成长；苍鹰感恩长空，因为长空让它飞翔；高山感恩大地，因为大地让它高耸；我感恩我的老师，因为老师打开我的智慧之门，让我在知识的海洋里自由地遨游。在我成长的历程中，老师浓浓的爱一直伴随在我的左右。

——王淑芳《谢谢您，老师》

谢谢您，老师

王淑芳

鲜花感恩雨露，因为雨露滋润它成长；苍鹰感恩长空，因为长空让它飞翔；高山感恩大地，因为大地让它高耸；我感恩我的老师，因为老师打开我的智慧之门，让我在知识的海洋里自由地遨游。在我成长的历程中，老师浓浓的爱一直伴随在我的左右。

记得刚到这个学校时，我对这里感到陌生、不习惯。由于这个原因，课堂上，即使我知道问题的答案，也总犹犹豫豫，不敢举手。老师，您也许也觉察到了，您及时向我投来鼓励的目光，似乎在说："小芳，别害怕，试一试，你能行的！"老师温柔的目光，使我顿时来了勇气。我立刻举起手回答，虽然答得不怎么理想，但您还是微笑着表扬了我。正因为这第一次，树立了我的自信心，增加了我的胆量，久而久之，我在课堂上养成了积极举手发言的好习惯。

当我遇到难题向您请教时，您总乐意解答，耐心地给我讲解题思路，一遍又一遍，不厌其烦。在您的关怀下，我的期末考试取得了好成绩，我看到您脸上露出了舒心的笑容。您在班上表扬了我，还带头鼓起掌。我知道，这成绩里面包含着您多少付出、多少爱呀！当我做错事的时候，您并没有大声呵斥我，而是轻声细语地问清了事情的缘由，帮我打开心结。当您发现我生病时，您对我嘘寒问暖、倍加关心……您对我无微不至的关怀，如同春雨般滋润着我幼小的心田，让我感受到第二份亲情。望着您，我真想投到您温暖的怀里，动情地对您说："谢谢您，老师。"您真是一位好老师，您对我们付出的一切，真是"润物细无声"！

一年了，在这一年里，无论我们遇到什么，您都与我们大家一同面对。您为我们付出的实在太多太多，您对我们的爱深似大海，雄于高山。

我终于理解了"春蚕到死丝方尽，蜡炬成灰泪始干"的内涵。在这里，我发自内心地感激您，我的老师！感谢您为我们所做的一切！将来，无论我成为参天的大树还是低矮的灌木，我都将以生命的翠绿，向您祝福——我的老师！

（指导教师：李彩纫）

第五部分 无论你走到哪里

春雨，洒向人间都是爱

王丹雅

在这春意浓浓、春雨潇潇的三月，爱，犹如泉水，流入河里，渗进土层，沁入心海。

张小琴是我们班的特困生，母亲在外打工，父亲在家里干点零碎活。她父亲好赌，挣来的钱都用在了打牌上，全家人靠母亲一个人来维持生活。由于母亲常年在外地，她总是穿着又破又旧的衣服。

班里的班干部看在眼里，急在心头，秘密商议着为她捐款的事儿。几天后，我们像发现新大陆似的知道她的生日就在本周星期五。于是，我们特意把捐款"仪式"定在她生日那天。

班队活动课上，我们拿出准备好的生日蛋糕和一个捐款箱。"今天是一位同学的生日。"主持人神秘地说道。大家莫名其妙地相互张望。"祝你生日快乐……"我们几位班干部齐唱生日歌，端着生日蛋糕向她一步一步地走近。同学们被这突如其来的举动感染了，大家相互递了递眼神，也打着拍子齐唱起来。"同学们，张小琴家里生活条件比较差……"说到了这儿，主持人哽咽了，她顿了顿，又继续说下去，"请同学们伸出友谊之手，献上大家的爱心。"同学们好像约好了似的，井然有序地排起了队伍，五角、一元、两元、伍元……此时坐在一旁的张小琴突然站了起来，可能太激动，说起话来有些语无伦次。"谢……谢……我感谢……谢大家！"我们一齐向她鼓掌，并送上了祝福。也许是感动了上天吧，此时，外面刚好下起了濛濛小雨。

春雨濛濛下，同学之间的爱四溢。

（指导教师：王洪春）

瞧，我们这一班

林婷婷

曾喜欢傻傻地想着从前，现在却迷恋于品味这个班级的独特，想让时光在这儿留下奇迹，想让生命保存这里的记忆……

早读开始了，同学们却都一个个望着时钟。"哈，迟到大王不迟到了！""你终于迟到了！"……"五年二班时间"总能吸引同学们的特别关注。早读时间一声声快乐的"吵闹"，构成校园里一抹独特的风景。可当老师一站在门口，全班刚抬起的头都迅速低下，还时不时瞟着老师。这是一群稚气未脱的孩子，天真烂漫，舍不得让成长带走清纯的影子。

瞧，台上老师干瞪眼，台下学生低着头，原来是没人想举手回答问题。僵持了许久，这个素来被称为"叫号数回答"的班级又展现它的独门绝技，老师一脸无奈喊了一个号数。如同灰暗中一声闷雷，这个同学的回答一鸣惊人。老师哭笑不得，同学们则得意扬扬。是啊，成绩的火爆总与这个"文静"的班级对不上号。这是一个卧虎藏龙的竞技场，深藏不露，沉睡中一声怒吼却总能划破天际。

一篮水果，一束鲜花，夹着全班同学深情的爱；一声问候，一句祝福，融着一个集体团结的热情，班委会将同学们的情谊带给生病的同学。在这个班级，没有人忘却同伴，他们手拉手，拉成圆，一个用爱围成的圆。"这题怎么做？"仔细的讲解掺和着一份对同伴的鼓励。"为什么我总学不好？"面对同伴的苦恼，同学们会给予安慰与勉励……这是一个众志成城的班集体，共同成长，是他们的宗旨，他们从不遗弃任何一个同伴。圆是由无数小点组成的，这个集体亦如此。

这里没有拘束，有的是坦诚地面对；这里没有烦恼，有的是永恒的欢笑；这里没有失败，有的是进步的喜悦……

时间会在这儿看着我们成长，岁月流痕已刻记我们灿烂的笑脸……

（指导教师：李彩纫）

老师，我想对您说

邝莉莉

时间像流水，眨眼间，六年的小学生活就要结束了。何老师，我有许多话想对您说。

六年前，是您带着微笑把我迎进校门；六年来，是您教会了我怎样做人，怎样学习，怎样生活。我每获得一点知识，都渗透了您辛勤的汗水；我每前进一步，都凝结着您无微不至的关怀。

记得一年级时的一节语文课，您教的是几个简单的生字，我都会了，不想听课了。忽然，我有了个念头：画画。我用语文书遮住了自己的脸，偷偷地画了起来。我正画得出神的时候，您走过来了。我还来不及收起它，就被您收去了。您微笑着示意我把书拿起来跟大家一起读。

下课了，您把我叫到了办公室。当时，我很后悔，自以为认识几个字就了不起了。正当我自责的时候，您说："你画得不错嘛！"

"不，是……我……"我吞吞吐吐地想向您认个错。

您还没等我说完，就说："这盒彩色笔送给你，给它添上颜色会更漂亮！"

我正怀疑是不是自己的耳朵听错了，但看到您那温柔的目光和亲切的笑容，我还是接受了您的礼物。

"上语文课，可不能画画。你是个聪明的孩子，我相信你一定会改的。"

听了您的话，我心里像打翻了五味瓶，那不争气的泪水涌了出来。当时我真不知该说什么好，但我已懂得了这盒彩色笔代表着您对我的期望。

现在，我已从一个懵懂的女孩长成一个懂事的六年级学生了。这里面凝聚着您多少的心血呀！

何老师，我真想对您高声说："谢谢您！无论时光怎样流逝，我永远也忘不了您。"

（指导教师：何瑞娥）

掌声给我送来了幸福

袁红艳

如今，每当听到掌声，我心里就充满了幸福感，往事就像影视中的快镜头，突然在我眼前闪过。这是怎么回事呢？

就在去年，我们全家从安徽迁至宜兴闸口。刚来闸口，父母的工作都很忙，无暇关心我的生活，那时的我总是一个人，没有任何朋友。日子就这样一成不变地逝去，直至那一天的掌声响起。

开学已近一个月了，我依然没有好朋友。周一下午，班主任老师走进来说："下午进行班长竞选。"在老家曾经做过两年班长的我，十分自信地报名参加了。

下午班队活动课上，老师让竞选者依次上台作竞选演讲。因为并不是第一次在众人面前发言了，所以我没有丝毫的紧张，胸有成竹地走上了讲台。

可当我站到讲台后，环顾四周时，我的心却一下子凉了，因为同学们的眼里充满怀疑、冷漠、诧异的神色。我的手攥成拳，深吸一口气，强撑着说完预先想好的几句发言，虽然前后不到一分钟，我却觉得仿佛经历了一场漫长的煎熬。

"我说完了，谢谢！"我终于说完最后一句话，轻呼了一口气，抬起头来，教室里静悄悄的。突然，班主任老师拍起手来鼓励我，随后雷鸣般的掌声响起。我感动得泪流满面，虽然最终没能当选，但我下定决心要好好努力。

那之后，我好像变了一个人似的。我不再把自己禁锢在自己的小天地里，而是以开放的心态试着和新同学们交往，做朋友，慢慢地我已全身心融入了这个新集体。

转眼间，第二个学期开始了，我又一次参加了"班官"竞选，望着台下好友们鼓励的眼神，我的演讲非常流利而自然。当我说出"谢谢"时，耳畔顿时响起了热烈的掌声……同学们都为我如愿以偿地当上"最高长官"而祝贺，让我又一次享受了掌声送来的幸福。

打那以后，我学会了欣赏掌声。不管它是为谁而响，我都会感到幸福，为自己，更为别人……

（指导教师：陈陆云）

深圳归来的"怪"老师

杨启楠

前不久，我们班新来了一位"怪"老师。他刚来的时候，就让我们介绍自己，让我们说自己叫什么名字，今年几岁，最喜欢做什么等等。我胆小，不敢大声说话。"怪"老师号召全班同学用掌声鼓励我，我才又大声地介绍了一遍自己。"怪"老师向我竖起了大拇指，我激动得差点流出眼泪来。

我们介绍完了，"怪"老师开始作自我介绍："我姓'潘'名'非凡'（他说'潘'字左边三点水，右边上面一撇，中间一粒米，下边一块田。一边说一边在黑板上写了一个大大的'潘'字，我一下就记住了），今年四十四岁，喜欢读书、写作、旅游……我在深圳教了七年书，今年刚回家，很高兴教我们五年四班。"说完他便和我们一个一个握手，还说："握握手，我们就是好朋友。"下课了，同学们议论纷纷，说他真是个"怪"老师。

"怪"老师对路队要求特别严格。早操时，他要求我们双手中指紧贴裤缝，抬头挺胸，目视前方，要站如松，队伍要像个"一"字，并说这是"大雁路队"。我们班的郑晖站得满头大汗也不敢擦，只是眨眨眼睛，"怪"老师发现后，赶快掏出纸巾给他擦汗，操行评定时还给他加了一分。"怪"老师出怪招，让最淘气的杨俊杰都站直了，也加了一分。因此，我们班的队伍得到校长的表扬。

"怪"老师上语文课我们特别开心。教《鸟的天堂》时，当我们学到"有的站在树枝上叫，有的飞起来，有的在扑翅膀"时，"怪"老师让我们学鸟叫，学鸟飞，学鸟扑翅膀。我们的教室可热闹啦！到处是"鸟"声，到处是"鸟"影。"怪"老师说："大榕树是鸟的天堂，我们的教室是我们学习的——"同学们便齐声回答："天堂。"

"怪"老师教作文更"怪"。我们写教室门前的"雪松","怪"老师把我们带出教室，让我们抱一抱树干，摸一摸树皮，握一握松针，闻一闻松香，看一看树高，想一想树冠像什么，说一说雪松的作用。然后，我们回教室写。这一次我们个个都写得很精彩。你说这个老师怪不怪？

"怪"老师还做了许多"怪"事，不知不觉地我们都喜欢上了这个深圳归来的"怪"老师。

（指导教师：常成斌）

幸福就在老师的表扬里

杨雨霄

　　幸福在哪里呢？我认为幸福就藏在老师的表扬里。下面就来听听我的故事吧。

　　记得我七岁读一年级的时候，有一次一上课，老师环视了同学们的坐姿后说："同学们，回过头看一下，杨雨霄坐得最好，大家要向她学习。"我听了心里乐滋滋的，感到既自豪又幸福，心里像吃了蜜似的。

　　还有一次，那是三年级时的一次期末考试后，老师手捏记分册，急匆匆地走进教室报成绩。"现在先报语文成绩。"老师刚一开口，我心里就像放进了好多吊桶，七上八下的，紧张极了，生怕考砸了。想到这里，突然间一年前的那个情景又浮现在我的眼前。

　　那是一次数学考试，我因粗心错了不少题目，结果落个勉强及格。我垂头丧气地走进我们的暂住地，把考试情况如实地告诉了妈妈，遭到了妈妈的一阵数落。

　　"雨霄，爸妈大老远地从四川来到宜兴打工挣钱，唯一的目的就是要好好培养你，让你将来有个好出息。如今倒好，你在学校里不好好读书，就考这点分数，你对得起爸爸妈妈吗……"

　　"妈，我错了，以后我一定好好学习，做个有出息的人来好好报答你们……"

　　"杨雨霄，99分。"骤然间老师的话语声打断了我的思绪，我才从沉思中回过神来。耳边又听到老师笑眯眯地添了一句："她是全班第一名。真棒，让我们为她鼓掌。"

　　这时，我不好意思地低着头，顿时一股暖流传遍全身，久久地沉浸在幸福中……

　　朋友，听了我的故事，你明白了吗？幸福就是这么简单，它就在老师的表扬里。

（指导教师：陈陆云）

意 外

郭晨洋

今天上午，听天气预报说：今天华北大部分地区有雨。可是，一直到了下午两点多，天只是有点阴，并没有一滴雨掉下来。难道天气预报不准？

下午四点的时候，我正在屋子里写作业，突然屋子里就光线不足了。我把头伸向窗外，发现天上乌云滚滚，天地间一片漆黑，仿佛夜晚突然降临了。四点半的时候，狂风大作，雨也降临了。就在这时，奶奶从外面回来，头发被风刮得乱蓬蓬的，衣服也是湿漉漉的。奶奶还告诉我说："孙子，给你说个稀罕事儿，刚才奶奶看见一个平底锅在天上飞，没一会儿，就'嘭'的一声掉在地上摔烂了。"听到这里，我惊得目瞪口呆，心想：幸亏我没出去，要不然……唉！老天爷真恐怖！

就在我回到座位上准备继续写作业时，忽然想起今天下午要上作文辅导班了。我想：今天又是刮大风，又是下大雨的，我就可以不用去上作文辅导班了。可是转念一想：不行！要是我不去，老师会批评我的。也许，也许老师也没去学校呢，那样……思前想后，我还是决定到学校去看看。

126

到了门外，我才发现风比奶奶说的还要大。我虽然穿着雨披，但风婆婆好像故意跟我作对似的，发了疯似的撕扯着我的雨披；用力拽着我的身子不让我走路；刮疼我的脸；用雨点拍打我裸露着的皮肤。有时，刮得我往后倒退；有时，又故意往前推搡着我，险些把我摔倒；有时，又险些把我刮飞了。这时，我更想到老师肯定不会来的，因为老师的路比我远多了。不过，我还是硬撑着被推拽着来到了学校。看看表，以前我走五分钟的路，这次竟用了十五分钟。

上了楼，来到教室门前，发现门关着。但是，我又不放心，就又到隔壁教室去看看。一推开门，我怔住了：原来吴老师正和另一位老师在说话呢！我的一颗心这才放了下来。

望着吴老师慈祥的面庞，我不禁打心眼里敬佩起吴老师来。

（辅导教师：吴印涛）

感谢您，亲爱的老师

唐艺云

人生仿佛是一条长长的走廊，我懵懂地向前走着。这时，一盏指明灯及时出现在我眼前，引领着我向前走着。

从六年级开始，您担任了我们一个多学期的语文教师。虽然相处的时间是那么的短暂，可您却让我终生难忘。

记得那是一次演讲比赛，您指导我并带我去参加比赛。我既惊喜，又忐忑不安，担心会让您失望。您微笑着鼓励我说："不要紧，要相信自己，你能行！"经过一番精心的准备，终于，比赛到了。我坐立不安，心中异常紧张，细心的您发现了，温柔地拍拍我的肩膀说："没事，得不得奖都没关系，只要我们尽力去做，这就行了！"听了您温和而亲切的话语，我心中的阴霾一扫而光，犹如拨云见日一般。

轮到我上台了，我怀着激动而又自信的心情走上讲台："各位老师，各位同学，大家好！我今天要演讲的题目是……"不知怎的，渐渐地，我的声音哆嗦起来，总觉得自己会讲错，手不停地搓着衣角，眼睛不由自主地在观众群里寻找您。这时，我发现了你，您冲着我微笑，向我投来的鼓励的目光是那样的坚定执着。您攥紧右拳有力地高举着，我顿时好像有了主心骨，信心十足地演讲起来。讲完后，我在观众热烈的掌声中鞠了一躬，走下场去。事后，老师高兴地告诉我，说我得了一等奖。我也很激动，因为这其中也有老师您的一份功劳！

经历此事以后，我上课时很认真，大胆地举手发言，自觉帮老师做事，渐渐地成为老师的得力助手。老师对我的学习也十分关心，常常在同学面前夸奖、激励我。现在，我将要进入毕业班了，我要好好把握，灵活运用学过的知识，并积蓄能量，在毕业考上奋力一搏，争取以优异的成绩报答老师您的知遇之恩。我的梦想是长大以后像您一样，也当一名老师，让所学的知识如春雨般滋润学生的心田，就像一首歌曲里唱的："长大后，我就成了你！"

　　老师，您是我心中的好老师，您对我的关爱我将铭记在心！我想对您大声说：感谢您，亲爱的老师！

（指导教师：李彩纫）

架起友谊之桥的手

史云戈

　　手是人不可缺少的，没有了手，人类就无法实现现在的高科技，没有了手，人类就无法做出美味的食物。而手不仅对生活有帮助，还可以架起友谊的大桥。

　　记得二年级的那个暑假，爸爸带我到山里游览观光。山里的景色真美呀！有那么清澈的溪水在山间穿梭，仿佛一个调皮可爱的孩子；那路边的大树绿极了，绿得让人感到闯入了绿色的大海；大树下，草儿、花儿在风中舞蹈。陶醉在这美景中的我怎么也没想到，爸爸这次带我到大山里来，并不是让我来观光的，而是……

　　中午到了，我还在山顶观看这人间的美景，忽然一个响亮的声音闯进我的耳朵："去吃饭了！"这一声让我从美景中回过了神，经这么一说，我还真的有点饿了。我也不顾欣赏这景色了，一溜烟跑到爸爸身边，用那种"可怜兮兮"的眼神对着老爸扫了一眼。老爸明白了我的意思，便向山下走去，我也跟了下去。老爸带我到了一个农家小院儿，我以为是个小餐厅，便立刻冲了进去，可出现在眼前的却是另外一番景象。

　　进门后，屋子里竟然黑黑的，当眼睛适应了以后，我发现这不是一个小餐部，而是一户贫穷人家的房子。地上乱七八糟，床上（那根本谈不上是床，就是用土垒成的坑）堆着打满补丁的破被子，破旧的木桌上放着两只残缺不全的碗，仅有一束光从房顶上破了的洞中射下来，照在一张纯朴的脸和一双粗糙的手上。这是一个健壮的山里娃，他的皮肤显得有些黄，给我的第一印象是善良、清秀。经过一问才知道，他是一个孤儿，由叔叔养大，小名叫黑子。

　　吃过饭后，黑子带我到河边钓鱼，在阳光下，我发现他的皮肤有点发黑，就像被屋里的黑传染了。他十分耐心地拿着渔竿守在岸上一动不动，不一会儿就钓到了一条大鱼。我也试了一下，虽然鱼咬钩了，但是我发现把鱼拖上来才是最难的。黑子也帮着拉，他的手那样灵巧有力，不一会儿，那条鱼就被拖上来了。

把鱼放回家后，我们又出去玩儿了。"扑通"一声，我不小心滑进了水里。我不会游泳，拼命地在水里挣扎着，当时我感到我的血液在倒流，世界走向了尽头……这时，黑子那双有力的手拉住了我，带我向岸上游去。到了岸上，我惊魂未定，休息了一会儿后，小河边又响起了欢声笑语。

傍晚，在夕阳照耀下，两只手牵在了一起，架起了一座友谊的桥梁。

（指导教师：杨晓辉）

老师的爱

宋佳钰

　　爱是人间的花朵，爱是人与人心灵的沟通，爱是春天的甘露，爱是人间最纯真的感情。爱有许多种：伟大的母爱，亲人之间的爱，你与陌生人之间的爱，还有师生之间的爱……今天，让我与大家品味老师给予我们的爱。

　　老师是火种，点燃了学生的心灵之火；老师是石级，承载着学生一步步踏实地向上攀登。虽然人们都这样说，但是，能够真正理解老师的人并不多。而老师对我们的爱，却往往让我们感到厌倦。发生在课堂上的一件事，至今让我记忆犹新不能释怀。

　　教了我们五年半的英语老师调走了，我是班里的英语课代表，和老师接触最多，心里尤为不舍。临走前，她将我们交给了一位新来的与她年龄相仿的女老师。这位老师看上去朴实而善良，我们是毕业班，也许是想给我们讲更多的知识，也许怕我们听不懂，有时难免拖堂。班里有些同学很不理解，前几堂课碍于面子，个别调皮的还都忍着，等到第四次她来上课，班里就乱成了一团，有的传纸条，有的互相扔书，还有的发出怪声……简直就是个自由市场。只几秒，她便柔声地说："同学们，请安静，下面开始上课。""噢……"不知是谁一声尖叫，立刻引来满堂哄笑。她霎时怔住了，拿着课本望着门外。

　　我静静地等待着老师大发雷霆，然后向我们班主任告状。但是一切都不是我们想象的那样，她没有怒号，甚至没有说话，只是眼角似乎有点淡淡的哀伤，默默地走出了教室。同学们也很有"默契"，都闭上了嘴巴。"还说话呀，看把老师都气跑了！"说完我奔出了教室。

　　操场上一个孤独的身影望着远方，陪伴她的只有刺骨的寒风。我蹑手蹑脚地走过，看见老师眼中分明泛着泪光，还没等我开口她便平静地说："我们回去吧！同学们还等着上课呢！"转过身去我眼前一片模糊。

也许同学们已感到内疚，也许看到了我们异样的表情，那后半节课安静极了。老师声情并茂地讲，同学们争先恐后地回答，真是令人印象深刻。

从那以后，她的课上我们没有任何的纪律问题，只有提问与讲课相互碰撞。她从不责骂我们，体罚更是从来没有过。要说仅有的一次，我们实在有点过分，她的教鞭刚要落下的时候，一个调皮的男生用笔袋轻轻一迎，教鞭好像一道彩虹便慢慢地落了下去，同学们笑了，老师也笑了。

每次她走进教室向我们微笑时，一种无私与博大的爱就像甘甜的泉水流进我们的心田。老师，您用人类最崇高的感情——爱，播种春天，播种理想，播种力量……这样的老师，我们能感受不到她的爱吗？

（指导教师：杨晓辉）

师情深似海

郑滢妤

　　大海给了鱼儿一个宽阔的家园，因为感恩，鱼儿回报给大海一片生机；大地给了树木一片沃土，因为感恩，大树反赠给大地丝丝阴凉。"谁言寸草心，报得三春晖。"老师的爱就像晨曦中的甘露，浇灌着我们的心灵，这样的爱让人无法忘怀。

　　说到老师，我情不自禁地想起了和蔼可亲的刘老师。刘老师个子高挑，一双黑珍珠般的大眼睛特别有神，仿佛能洞察一切。那乌黑油亮的头发扎成一条"马尾巴"，只要刘老师一走动，那条"马尾巴"就会调皮地甩动起来。

　　刘老师爱生如子。有一回，我感冒了，吃下了好几种感冒药。上数学课时，感冒药发挥了药物作用，让我昏昏欲睡。我的上下眼皮好像被强力胶粘住似的，怎么也分不开。正当我挣扎着想摆脱瞌睡虫的困扰时，肚子却又疼了起来。我用手按住肚子，希望这样能减轻些痛苦。可谁知，我越按肚子越疼，我趴在桌子上直哼哼，课一点儿也听不进去。刘老师发现了我的异常，快速走到我的身边，眼里写满了焦虑，柔声问我："你怎么了？不舒服吗？"说着，刘老师用那只温暖的大手摸了摸我的额头，说："先喝些开水，人会好受些的！"很快，一杯冒着热气的水就递到了我的面前。老师俯下身了，吹了吹水，对我说："慢慢喝，别烫着！"水，很热，暖暖地流进了我的心田。"现在好点儿了吗？"老师的话语温柔极了，就像春天那带着花草香气的微风，直往我心眼里钻。老师真像我的妈妈！想到这儿，我的精神立刻抖擞了许多。"我好些了，老师，您不用担心！"听到我的回答，老师松了一口气，又认真地上起课来。

　　刘老师不但关心我们，还善于教育我们。记得上学期，连续几个单元数学考试，我都考了100分，不禁有些飘飘然了。上起课来不那么认真了，做

133

第五部分　无论你走到哪里

起作业也马虎多了。一节课后，刘老师一把拉住了正要出去玩耍的我，语重心长地对我说："滋好，老师发现你最近骄傲自满起来了，这让我好担心。虚心使人进步，骄傲使人落后。成绩是靠努力得来的。如果你再这样下去，成绩会一落千丈的……"老师的话如警钟敲在我的心上，我的脸红得像煮熟的大螃蟹。从那以后，我再也没犯过这样的错误。

和刘老师相处了一年，这一年里我们结下了深厚的师生情谊。啊，师恩如山，师情似海，莘莘学子将永远记在心上！

（指导教师：林巧铃）

无论你走到哪里

唐云楠

每个人的内心深处，都有一片属于自己的天空，在那里面，隐藏着一个又一个秘密，隐含着一句又一句难以对别人诉说的话语。可是，朋友，今天我要告诉你，无论你走到哪里，都有我站在你的身后。

还记得那是一个初冬的早晨，也许是因为天气寒冷，大家都躲在被子里不愿去上学，贪心地还想多睡几分钟。可时间不等人，就这样，我们都睡过了头，连忙洗漱，便向学校跑去。当时，我们像竞赛似的拼命往前冲。忽然间，我听见"啊"的一声，随后，教学楼的铃声响起了。我回头看，原来，地上有水，你不小心摔了下去，脚被扭伤了。我在一旁犹豫不决。终于，我还是跑向了你，把你送进了教室。等我回教室时，被老师数落了一番，可想起你对我说的一句"谢谢，再见"时，我不禁会心一笑。朋友，还记得吗？那是我们第一次相遇。

过了很久，直到报午托园的那一天，我又遇见了你，你兴冲冲地对我说："以后我们可以做朋友啦！"然后，你牵着我的手，带我参观了整个午托园并对我讲了很多，可我却什么也没说。慢慢地，时间长了，在我们之间，产生了情谊。每当我情绪低落时，你总会用尽办法让我开心。当我有心事时，你总可以一眼看穿。那时的我们，时时刻刻都在一起。我教你打乒乓球，你教我学英语，并教我学一些速算，还告诉我你的过去，甚至是你的家庭。我们还决定一起努力去实现我们的梦想。和你在一起，我可以忘掉一切一切的烦恼，我会忍受你所做的一切，一直迁让着你，让你也可以开心。那时的我们，仿佛都认为世界只有我们。

幸福是短暂的，不知从何时起，你变了。以前的你是热情开朗的，可却变得冷酷无情。对我，你不理不睬，我不知道为什么，你也装作不知道，就这样，我们的关系淡了。每次我们擦肩而过时，都低着头，加快步伐。有时，我们还会因为一些小事而吵得面红耳赤。直到快要毕业那一天，我们再次站在学校门口，那一句熟悉的话又在我的耳边回荡。

从那天以后，我们再也没有见过面，也从没有联系。虽然到现在我还有很多未解开的"为什么"，不过，我相信你有自己的苦衷。朋友，记住，无论你在多遥远的那边，都有我为你鼓掌；无论你在多遥远的那边，都有我在你的身旁；无论在多遥远的那边，都埋藏着我们的梦想。

我永远记得你说的那句："不管怎样，你永远是我的朋友，你永远在我的心中，谢谢，再见。"

（指导教师：周丽）

血色中透出的爱

朱淑萍

"不好了！不好了，有人头上流血了……"听到这慌乱的叫喊声，好奇心使我循声而去，教室里的许多同学也争先恐后地跑出来了。走廊上，围着一群同学，我上前一看："糟糕！是我们班的肖嘉明！"鲜血从他的头顶上顺着短发流了下来。"哎哟……"肖嘉明双手捂着头，眼泪像断了线的珠子一样直往下掉，他痛苦地呻吟着。"碰哪了？""怎么回事啊？"大家围成一圈，不知所措，心急如焚。

"怎么弄成这样？！"方老师闻声急匆匆地一路奔跑过来，抚摸着肖嘉明的头仔细看了一下伤势，然后不慌不忙地从包里掏出一包面巾纸，一边帮他擦拭着头发上、脸上的血迹，一边安慰说："孩子，不哭啊，别怕，老师在这，没事的！我们马上去医院！"方老师转身环视了围观的同学们一眼，果断地对我说："快！通知邓老师马上打电话告诉家长，我先带他去人民医院！"然后一手用纸摁住伤口，一手扶着肖嘉明三步并作两步下了楼。

一会儿，邓老师也骑着摩托车追去医院了。看着他们远去的背影，我心里既紧张又害怕，生怕有什么意外，心里一直七上八下的，真为肖嘉明捏了一把汗。短短几分钟，幸亏有老师在，他们遇事冷静，处理果断，不然这里真不知会乱成什么样儿了。

漫长的两节课终于过去了，肖嘉明出现在我们面前，我们高兴地欢呼起来。只见他的头部已经包扎得很严实，还用网纱套住了。"没事就好，没事就好！不然可要吓死我了！"不知谁在拍着胸脯说。我悬着的一颗心也终于落地了。

后来，我们才知道，肖嘉明的头上缝了四针，缝针时没打麻醉药，痛得他大喊大叫。方老师从小就怕血，会血晕。据说在医院，医生给肖嘉明做缝针手术时，方老师的手一直紧紧地抓住肖嘉明的手，一直在安慰鼓励肖嘉明。她脸色苍白，半蹲在地上不敢睁眼，手冰冷冰冷的……听到这些，我的眼泪在眼眶里直打转，一股敬佩之情油然而生。擦血、捂着伤口、上医院，这一路上，老师都看着血，摸着血！难道她蒙了？我无法想象当时的情景，无法想象老师的模样，更无法体会老师当时的痛苦！我不知道，是什么东西让她忘了自己会晕血，是什么力量支撑着她去处理好紧急受伤事件的。我想，这一定是师爱！是对我们这些孩子无私无畏的爱！

这件事情已经过去一年多了，肖嘉明的伤口早已经愈合，头发长出来了，已经看不出受伤的痕迹。但这紧急血色中透出的爱，却永远铭刻在我们每个同学的心中，深深地印在我的脑海里！

（指导教师：王彬）

我和台湾回来的同龄人

林泽胤

上学期一开学，班主任说班上要插入一个台湾回来的男同学。我一听就十分兴奋，"在台湾长大的孩子和我们一样吗？""他说话我们听得懂吗？"他来的前一天，我就和同学谈论着他，等待着他。

初识台湾仔

"台湾仔来了，台湾仔来了。"不知是谁叫着。当我望着教室门口的时候，只见班主任带着一个胖墩墩的男孩进来了，国字脸，戴着眼镜，小平头，嘴唇厚厚的，和我们一样的黄色皮肤。

班主任介绍说："同学们，这位就是从台湾回来的同学，请他给我们介绍介绍自己。"教室里响起了热烈的掌声。

"我叫李逸峰，今年十二岁，在台湾读五年级。爸爸妈妈是连江人，在台湾开小吃店。我是在台湾出生、在台湾长大的……"他的普通话有点生硬，不知说什么好了，站立在讲台前。

交流两岸情

他和我同龄，很快我们成了好朋友。一下课，仿佛来了一个外星人一样，我不时地"采访"这位"台湾仔"。

"请问，你为什么要回来？"

"因为我的爸爸妈妈祖籍在连江，要回来做生意，我就回来了。"

"你在台湾读书，一个班级多少人？"

"在台湾，我们学校一个班级三十个学生，一个人一张桌子，一把椅子。这里的班级学生好多哇。"是啊，我们五年级平均每个班级都有六十五人。

"台湾是祖国的宝岛，你知道吗？那里的美丽景色你一定都游玩过吧？"去台湾旅游是我的梦想，先听一听，过过瘾。

"我知道的，从小妈妈就告诉我说台湾是属于中国的领土。我的台湾同学也都知道的。教我国文的洪老师在上课时曾经说过……"李逸峰说，他游览过美丽的日月潭，观赏过变幻无穷的阿里山云雾奇观。他说在台湾的书上，台湾有"东方糖库"、"海上粮仓"、"樟脑王国"、"水果之乡"的美称。听着他陆陆续续的介绍，我的心越发向往起台湾来，真想去台湾观光旅游，领略台湾的秀丽风光，了解那里的风土人情。

李逸峰说，他在台湾收看大陆的电视节目，只是还没有看到大陆的著名景观。于是，我当起了"小向导"，把我从书上得到的社会知识告诉他。我说，北京的故宫、气魄雄伟的万里长城和圆明园的遗址，是我们祖国的财富，也是世界文化的瑰宝……

就这样，我们之间的话题越来越广泛了。

最念是乡土

有一次，李逸峰突然说道："你说说连江吧。"他的眼睛里似乎一下子想把连江了解个够。说实在的，我生在连江，长在连江，对连江的风土人情略知一些，而对历史上的连江名人、名胜古迹和家乡的新面貌，一时说不出什么。我惭愧地说："我们连江的节日习俗和台湾一样。明天，我再给你讲你想知道的。"这天晚上，趁着开学初没有什么作业，我翻阅妈妈书架上的书，寻找着讲述连江的资料，好在明天对李逸峰有一个交代。

第二天，果然李逸峰在课间找到我，要我说说连江。还好，我有准备。于是，我细细地"夸"了一遍连江的名人胜地，从南宋时著名的爱国诗人郑思肖到明代的军事家陈第；从著名的数学家林群到台湾的吴兆濂先生在家乡连江设立的"又溪奖学金"；从风景秀丽的青芝山到拍摄郑成功抗击侵略者收复台湾的基地晓沃镇；从贵安"温泉之乡"到可门港火力发电厂……我一一地作了介绍，他听得眼睛睁得大大的，脸色红红的。

李逸峰显得兴奋和自豪，说："你知道的真多。"

"我也是从书上看到的。"我又问，"对了，台湾的小吃和连江一样吗？"

"我回连江，吃到的鱼丸、肉燕，在台湾也吃得到，只是连江的更好吃。对了，昨晚上吃到锅边糊味道好美，台湾的街上看不到。在台湾，妈妈经常念叨锅边糊，还有那香香的光饼，薄薄的春饼，这些我都爱吃。"他还说在连江街上，看到有好几家"台湾小吃专卖店"、"台湾商品行"，还有"台湾水果"，和台湾的一样，价钱差不多。

童心盼统一

国庆节前夕，学校举办手抄报、绘画、书法作品大赛。我和李逸峰合作了一幅画，他画阿里山和日月潭，我画家乡的青芝山和闽江，在这中间是台湾海峡，海底下面是一个车辆来往的隧道。我们给画取名《台湾海峡隧道》。没想到这幅画获得了学校一等奖。

李逸峰捧着证书，满脸喜悦地对我说："这是我回大陆的第一个奖品。我喜欢绘画，长大了想当一个建筑师，一定要在台湾海峡下面建设一个隧道，再拿一个设计大奖。那样，我的台湾朋友就能来大陆观光旅游了，你也可以和同学们一起坐车去台湾了。"

我激动地说："我们既是同乡又是同学，一起努力吧。这一天一定会到来的，一定会在我们这代人身上实现的。"

自从我认识李逸峰那天起，我对台湾越发充满了向往，心中的那个海底隧道也逐渐清晰起来……

（指导教师：张新兴）

141

第五部分　无论你走到哪里

您在春天里走远

朱丽霖

真的不敢相信，我敬爱的王老师，您就这样走了吗？

在迎春花还没开放的时候，在燕子还没飞来的时候，您怎么就悄悄地离开我们远去了呢？

此刻，校园里再也没有了笑声和喧闹声，只有沉默和悲哀，只有泪水在我们脸上流淌。

三年级的时候，你就接了我们班，一个很调皮的班。从此，您每天都要早来，每晚都要晚走，半年过去了，我们班变了，变成了优秀班集体。三年了，您含辛茹苦，呕心沥血，您的头发白了几根，您的皱纹添了几条……

可是，在我们即将踏入初中的大门，在我们人生的第一个转折点，您，我们的一位引路人，就这样匆匆地走了，只留下您最爱、也最放心不下的学生。老师啊，您为什么走得如此匆忙啊？

有些东西，失去了才知道珍惜；有些人，离去了才懂得怀念。昨天早上，您还温柔地抚摸我的头说："这小丫头，又长俊了！"您曾多少次地夸过我啊！可是从今以后，我再也听不到您的赞美了，再也看不到您给我判的优了……

默默地，您走了，独自一个人到另一个世界去了。听说，好心的人离开了人间，她的灵魂会飞到天堂的。而您，我的老师，您现在正在天堂上看着我们吗？夜空中的那颗耀眼的新星，是您在深情地注视我们吗？

老师，我知道，您最放心不下的就是我们这班学生。但是您放心，我们一定会好好学习，上初中、高中、大学的，我们会用最好的成绩报答您！我们会时常到您的墓前看望您……

老师，虽然春天的花还没开，虽然燕子还没到来，但思念的花朵已开放在心灵深处，祝老师您在天堂快乐……

（指导教师：康林）

一封"情书"

苏 敏

自习课上，同学们都安静地写着作业。林红在方格纸上认真地写着，旁边的高军一把抢过她所写的，大声地叫着："快来看，林红写的情书……"

林红向高军大吼："还我信！要不然我杀了你！"

"有本事你就杀呀！"高军一副得意的样子。这时，全班同学有的在讨论，有的在坏笑，有的在吼叫，班上好像炸开了的油锅。

这可把正在办公室批改作业的林老师给招过来了。她阴沉着脸，非常生气，说："发生什么事了，怎么这么吵，你们想罚抄书吗？"

"老师，林红写情书了。"高军向老师喊道。

"什么？"林老师简直不相信自己的耳朵，走到林红和高军的课桌前，"写情书，还真的？"

"老师，我……"林红想解释，可欲言又止。

"林红，你到讲台上大声念给全班同学们听！"林老师满脸怒气，说话的语气十分重。

林红很怕，她慢慢地、自卑地走上讲台，低着头，小声地念着："亲爱的爸爸，您现在还好吗？这次石矿出事故，您在矿山压伤了腿，现在还疼吗？我十分担心，我很想念您，您一定要坚强，要振作起来，我和妈妈在等您康复……在感恩节前夕，我为您默默地祈祷……"念到这儿，林红哭了。

原先幸灾乐祸的高军热泪盈眶，同学们都十分安静，表情凝重。林老师也眼眶红润了，她说："林红，老师错怪你了。"说着，用双手疼爱地搂抱着林红。

"呜呜……我……我好想……爸爸……"这时，林红已经泣不成声了。

“别哭，别哭。”大家安慰着林红。

“林红，对不起。”高军向林红道歉，“我错了，你可千万别怪我，我不知道……”

林红抹了一把眼泪，说：“没事，我也要坚强！”

“林红，你好样的！你充满爱的'情书'感动了我们，也教育我们感受到了亲情的力量。”林老师夸林红。

这时，全班同学鼓起掌来，在掌声中我看见了一张张含泪绽放的笑脸。

（指导教师：张新兴）

真正的幸福

王欣雨

四年级刚刚开学，就听到有同学在议论："升入四年级，可以竞选大队委啦！"我心里既紧张又充满期待。

没过多久，班主任提名，我和副班长参加大队委竞选。我的心情非常激动，因为老师把这样的锻炼机会给了我。

竞选大队委，当然要写演讲稿啦。演讲稿的内容可是多得不能再多了，比如要写竞选什么职务，在这一方面有多大的兴趣和经验，还有让大家支持我的话语等许多重要内容。这个问题把我的烦恼全都惹出来了，闹得我头昏脑涨。可是，我必须精心准备，要将以前的成绩呈现给大家，要将今后的目标告诉大家，要将真实的自己展示给大家……一次次地修改，妈妈一次次地批阅、审核，成功定稿时，我长出一口气。

下一关就是脱稿，这个我非常在行，不到一个时辰，就倒背如流了。爷爷奶奶也一次次当观众，为我加油。可是，每当向爷爷奶奶演讲时，总是背不利索，导致爸爸每次录像都失败。我更加努力地每天练习，在家人、朋友、同学和自己的加油助威下，我终于讲得有声有色、有缓有急！

终于到了竞选大队委的日子。当时，我的脸急得通红，生怕出错。进入会场时，我紧张得发抖。而在我演讲的过程中，同学们的掌声、感叹声，一次又一次地响起，给我送来了鼓励，我的心平静了，声音洪亮了，状态也自然了……

演讲结束后，同学和老师都投下了他们神圣的一票。我得到了同学们的赞许和老师的肯定，被评为了大队委的纪律委员，心中涌起一丝丝甜蜜的幸福。

威廉·考伯说："真正的幸福来自于全身心地投入到对我们目标的追求之中。"有了家人的爱，有了老师和同学们的爱，我一定能实现一个又一个目标。

（指导教师：宋志勇）

紫藤花开

林书晗

六年的小学时光就这样匆匆而过，像小草上的一滴露水被太阳蒸融了，可蒸融的刹那间却给我留下了美好的记忆。

教学楼前面有一个花园，小巧而别致，园子不大，却四季都有花。这不，小花园里又姹紫嫣红了。

紫藤开花显然是最美的。在没有一丝白云的湛蓝的天空下，紫藤那一片淡紫色顺着枝架垂落而下，一串串，一簇簇，一层层，像一架瀑布，不见其发端，也不见其终点。那深深浅浅的紫，仿佛在流动，在欢笑，上面泛着点点银光，就像进溅着的水花。仔细看时，才知道那是每一朵紫花中颜色最浅的部分，在和阳光互相挑逗。我手捧书本，沉醉于紫藤的活泼与浪漫的梦幻中。

不远处，一个穿绿格衬衫的小男孩，大约有八九岁，正向教学楼蹦跳而来。他虎头虎脑，天真帅气，好可爱的小弟弟哟！小弟弟走到门厅前，顺手扔下一张口香糖纸，又大摇大摆地向前走。绿色的口香糖纸静静地躺在那儿格外刺目，与一尘不染的校园是多么格格不入啊！小弟弟似乎意识到了什么，回过身来用脚将糖纸踢到花园边。可能是扎到脚了吧，他猛地用脚向几株月季花踏去，月季花立刻枝折花落，香消玉殒。这一幕让我愣住了。那个穿绿格衬衫的小弟弟的行为，令人大跌眼镜，他可爱的形象在变形。

这时，后边来了位年轻的女老师，身穿淡紫色纱裙的她朴素中带着几分高贵与典雅。看到这张口香糖纸，她眉头一皱，旋即又舒展开来，捡起糖纸向绿格衬衫走去。我心想：这小弟弟可有苦头吃了，看老师怎么收拾他！然而事情的发展却让我始料未及，她拍拍那个小弟弟的肩膀，把糖纸递给他说："我们把它扔进垃圾箱里好吗？"小弟弟一惊，回过头来，才发现站在面前的是他的老师。他低下头，脸立刻羞得通红。老师又牵着他的手来到已东倒西歪的花前，说："你看他们可怜吗？"老师手心托着踩伤的花瓣，"这些花儿多好看呀，是她们打扮了咱们的学校，咱们应该感谢她们呀……""老师，对不起，是我扔的垃圾，我……我……"小男孩羞愧极了，头深深地埋到胸前。

我想，要是地上有一条裂缝，小弟弟肯定会跳进去藏起来。老师抚摸着他的头，脸上漾起紫藤样的微笑，那是只有妈妈才会对孩子露出的微笑，指了指不远处的垃圾筒，小弟弟径直向垃圾筒走去。一阵风吹过，满园的姹紫嫣红立刻手舞足蹈起来，身后那藤萝瀑布也送来了淡淡清香。那位老师领着小弟弟向楼内走去，给我留下了满眼的紫藤色。

这笑容让我沉迷：六年前我在老师的微笑中走进附小，是老师的笑容让我知道登上心灵的舞台就是自信；是老师的笑容让我懂得舞台就在自己的脚下延伸；是老师的笑容让我懂得宽容让人的心比大海还要广阔……

紫藤花一样的老师，紫藤花一样的微笑，永远是我的记忆中的珍宝。啊，紫藤花开！

（指导教师：赵洪艳）

第五部分 无论你走到哪里

温柔的笑容

陈籽霖

一年级时，我的班主任姓周，大家都叫她周老师。她长着一双会说话的眼睛、一张樱桃小嘴和一头飘逸的长发，而且待人和蔼可亲。在课上是我们的朋友，在课后是我们的伙伴。她曾经打开了一个小女孩不自信的心灵。

那年秋天，我才七岁，妈妈便把我送到实验小学去读书。因为是第一次坐在教室里，我很好奇，也很害怕。见到老师时，我总是把头垂得低低的，脸上发烫，恨不得在地上找个缝钻进去。上课时老师提问，我会回答的、不会回答的，都不敢举手。看见其他同学被老师表扬时，我的心如同掉进了冰洞里，冰凉冰凉的。

也许是周老师发现了我这个毛病，想找我沟通，可下课时，我却躲在人群中，不让她发现我。

而那一节课，是开启我自信心的一课，是把我的心拉到太阳身边的一课。

我照常在上课时把头垂得低低的。"谁会回答这个问题？谁知道李白的诗？"周老师问。可全班没有一个人举手。其实我知道李白的《静夜思》，可我仍然没有举手。"陈籽霖，你说说看！""李白的诗有，有……"我紧张得说不上来了，全班哄堂大笑，我的脸红得发烧。"别紧张，慢慢说。"周老师那温和而又充满鼓励的话语如同一束阳光射进了我小小的心田，我鼓起勇气，抬起头，挺起胸，清了清嗓子，大声地说："床前明月光，疑是地上霜，举头望明月，低头思故乡。"我竟然流利地背出来了！我真不敢相信那是我说的！"非常好！请坐下。"周老师向我送来赞许的目光，好像对我说："棒，再接再厉呀！"我开心极了，坐了下去，"咣当！"椅子连同我一起倒在了地上。"哗！"全班又一次哄堂大笑，可是现在这些对我来说已经完全不重要了，我现在已经是另一个我了。我倒在地上时没有觉得尴尬，相反，我脸上还挂着微笑。

谢谢您，老师！我永远也不会忘记你那双会说话的眼睛。

（指导教师：孙樊杰）

寻找我那块金子

房 杰

在我们班里，我是一名普普通通的女孩，既没有漂亮的容貌，也没有骄人的学习成绩，更没有什么特长。在同学们的眼中，我是个"毫无特点"的人，更有甚者说我"一无是处"，这让我感到很自卑、很苦恼。

我常常埋怨天公和我的父母，为什么让我这样的没用，还要受别人的嘲笑。恰巧教语文的王老师为提高我们的写作水平，要我们每天坚持写日记。可能是我自感太压抑了，常常将我的烦恼写进日记里去。后来，王老师知道了我的情况，请我到办公室进行了一次长谈。王老师说："房杰，不要自卑。你知道吗？在每个人的身上，都有属于自己的一块金子，只要找到它，沿着它的光辉走下去，你就会变得非常优秀。"最后王老师给我布置了一项任务，让我找到自己身上的那块金子。

150

此后，我每天都在寻找自己的那块金子，可毫无头绪。

那是周五的一次作文讲评课上，我的习作《难忘的微笑》被老师当作范文，读给同学们听。当时一种自豪之情在我心中油然而生。老师的表扬使我更加喜欢写作文，所写的作文也接二连三地受到老师的表扬，我看到了自己的长处，也更加自觉地去读作文书、读文学名著，坚持写日记、写摘抄，我的作文水平直线上升。在一次全校作文选拔赛中，我脱颖而出。

不久之后，我又代表全校参加了全镇和全县的创新作文大赛，两次都获得了一等奖。当我站在高高的领奖台上时，我的心情真是无比的激动。我成功了，我可以自信地告诉王老师："我找到了自己的那块金子，也找到了它的光辉指引的那个方向。"

谢谢您，王老师，是你让我找到了自己身上的那块金子。

（指导教师：刘山）

第六部分

我想变成仙子

爱是什么？
爱是立即买下安徒生童话里
那个小女孩手中所有的火柴。

爱是什么？
爱是向希望工程捐出
我们口袋里那些微薄的零花钱。

——赵翰隽《爱是什么》

我想变成仙子

徐娅君

我想变成仙子，

拥有一根仙女棒，

"呼呼"地挥来挥去。

幸福就降临了！

助人为乐为快乐之本，

我要用我的仙女棒，

让失明的孩子得到光明，

让他们看看世界多么美丽！

那些灾区可怜的孩子，

失去了温暖的家园，

我的仙女棒一挥，

一座座高楼大厦拔地而起，

他们又过上了幸福快乐的生活。

云南那儿更可怜，

一滴水都没有，

我仙女棒一挥，

小雨便下了起来，

吧嗒，吧嗒，吧嗒……

花苞慢慢长大，

她默默无语，

咧着小嘴，浅浅地笑了。

我要变成小仙女，

那该多好，

那样，

我会让地球变得更美好！

（指导教师：谭妹娥）

153

心中的乐园——家

魏晓熠

家是一张温暖的床，
躺上它，
温馨又舒服，
家是我心中最舒适的摇篮。

家是一个热水盆，
泡上它，
温暖又惬意，
家是我心中最幸福的源泉。

家是一个大火炉，
烤着它，
温暖又幸福，
家是我心中最美好的记忆。

家是一片口香糖，
吃上它，
香甜又可口，
家是我心中最甜美的感觉。

家是温馨的港湾，

依靠它，

让我疲倦的心，

得到休憩。

家的感觉是神奇的，

家与心同在，

啊！家是我心中的乐园。

（指导教师：张新兴）

母　爱

耿祎彤

母爱是河水，
滋润着我们的心田。
母爱是春风，
荡起了我们心海的波澜。
母爱是太阳，
给我们心灵以阳光。
母爱呀，又是一盏灯，
照耀着我们的前程！

（指导教师：郑端）

我们爱你啊，家乡

刘真文

不像苏州有"东方威尼斯"的美称，
不像三亚有"东方夏威夷"的美誉，
不像杭州有"人间天堂"的美名，
你，却深深扎根于我们的心间。
啊，我们爱你，家乡！

我们爱你——
蟾溪冰白的千奇百怪，
白云山的云雾缥缈，
金钟山的清秀奇美，
富春溪的妩媚多姿。

我们爱你——
坦洋工夫茶的清香，
穆阳水蜜桃的甘甜，
潭头芙蓉李的酸甜可口，
巨峰葡萄的甜蜜多汁。

我们爱你——
畲家门前动听的歌谣，
刚劲有力的畲拳，
清香糯柔的乌米饭、香软上口的糍粑，
清冽甘醇的畲族擂茶、芳香爽口的端午"菅粽"。

157

第六部分　我想变成仙子

我们爱你——
勤劳书写的史册，
创新浇灌的硕果。
"闽东电机电器城"涌动的滚滚春潮，
白马港船舶奏响的希望之歌。

我们开心，我们自豪，
我们努力，我们开拓，
你是闽东的骄子，
我们爱你啊，家乡！

（指导教师：林巧铃）

爱

李佳蔚

爱是什么？

爱是妈妈的一句"路上小心"。

爱是什么？

爱是在你失败的时候，老师一个鼓励的眼神。

爱是什么？

爱是世间最伟大的……

爱，

是妈妈每次争着吃鱼头；

爱，

是奶奶一到寒冬就不辞辛劳地织毛衣；

爱，

是陌生人的一下搀扶；

爱，

是你施舍给别人的零钱。

人人身边都有爱，

爱五味俱全，

酸、甜、苦、辣、咸，

爸爸常常会在你犯错后的一顿毒打，是辣辣的爱，

你一定会觉得那不是爱吧，

可你知道他事后的心痛吗？

妈妈常常会对你语重心长地教导，是咸咸的爱，

你一定会左耳朵进右耳朵出吧，
可你知道那也是一种爱吗？
奶奶常常会轻轻地拍你的背，是苦苦的爱，
你一定会不以为然吧，
可你知道那也是一种爱吗？
那不仅是一种爱，
还是一种鼓励，一种鞭策。

爱是一方有难，八方支援；
爱是一种无私的奉献；
爱是一种不需回报的付出；
爱是身边的一些小事；
爱是一句话，一个眼神……

爱不需要语言，
爱是无声无息的……

（指导教师：杨晓辉）

爱是什么

赵翰隽

爱是什么？
爱是让我们轻轻地解开
那捆在小树上晒衣服的绳索。

爱是什么？
爱是当我们路过那一片稚嫩的草地时，
悄悄地放慢脚步绕道而行。

爱是什么？
爱是当我们遇见可爱的梅花鹿时，
让猎人放下手中的猎枪。

爱是什么？
爱是向公交车上的老奶奶
让出自己的座位。

爱是什么？
爱是向遇到困难的小伙伴
伸出温暖的双手。

爱是什么？
爱是立即买下安徒生童话里
那个小女孩手中所有的火柴。

爱是什么?

爱是向希望工程捐出

我们口袋里那些微薄的零花钱。

爱是什么?

爱是给奔波操劳一天的父母

端上一杯热茶。

爱是什么?

爱是一种愿望和理想

祈愿所有的生命都能自由、快乐地生活。

（指导教师：魏晓敏）

第七部分

永不止息的思念

　　姥爷一下子睁开眼睛，笑着对我说："璇璇，再给姥爷讲个故事吧！姥爷想听了。姥爷可爱听了！"我接着又讲起了自己的那些小故事，又回忆起儿时立誓要做个作家的理想。同时，心里还在想：不知道还能再给姥爷讲几次故事了。回头看看姥爷，他又躺在沙发上睡着了。

　　　　　　　　　　　　——陈子璇《给你讲最美的故事》

那时，我很幸福

李沂瑾

童年的记忆是一根根小草，无论春来冬去，它都挺拔于心，翠得耀眼。

校门口，细雨斜织。别的同学都被爸爸妈妈接走了，我猜想爸爸妈妈也许会破例来接我回家，于是我狂奔到了校门口，不停地在雨中穿梭，不停地张望，找寻我的家人。终于校门口只剩下了我一个人，爸爸、妈妈，他们一个人都没有来，我还是同往日一样一个人走吧。

雨在下，一直在下，我又想起了那个无数次在我脑海中重播的场景。爸妈对我说："宝贝，我们上班去了，一会你自己去爷爷家。"说完后就关上门走了。而我从来都是一个人与影子做伴。等我回过神的时候，开始抱怨：为什么，究竟是为什么爸爸妈妈对我总是这样呢，连多一点的爱都不肯给我？我甚至觉得这世界不公平，别的同学有爸妈陪伴，而我拥有的陪伴却少得可怜……就这样一路想，一路抱怨，眼泪不自觉地流了下来。

雨天好冷，我没有伞，只能任凭雨点打在我身上，打在我心上，衣服很快就湿透了，沉沉地拖着我的步伐，每走一步心都那么痛。我开始觉得全世界的人都不要我了，但是马上又被自己否认了，我还有爷爷，爷爷的白发、爷爷的笑、爷爷的鼓励、爷爷的陪伴瞬时冲走了所有的抱怨、所有的伤心，我渐渐快乐了一点。

我在回想着幸福，但那也只是回想罢了。这时雨已经把我的头发完全浸湿，水珠滚落到脸上，有点冷，有点疼。我低着头大步走，突然身后有熟悉的声音在喊我："瑾儿，慢点走，等等我！"我回头，是爷爷，他撑着伞立在雨中喘着气向我招手。我再也抵挡不住心底的委屈与脆弱，冲到爷爷身边，扑到他怀里，眼泪像断了线的珠子一涌而出。爷爷用颤抖着的手摸着我的肩膀安慰道："好孩子，爷爷的好宝贝，爷爷来晚了，都怪爷爷不好，你别哭，爷爷带你回家！"

一路上他都紧紧地拉着我的手。就是那样一双大手无数次拉着我的小手，无数次温暖着我，拉着我去公园，看电影，参观科技馆……雨仍旧在下，可我不怕它，我有爷爷，我有一个"大伞"。就这样我们回了家，爷爷还像以前一样告诉我："你爸妈是很爱你的，但他们都忙，为了你忙，为了家忙，你不要怨恨他们，长大后你就会明白他们的爱了。"我一如既往地点头。

　　第二天出门时，又是一片澈然晴空，<u>丝丝暖阳</u>。爷爷是最爱我的，爸爸妈妈也一定是爱我的。童年的雨滴很清澈，童年的"大伞"很温暖。那时，我很幸福……

　　　　　　　　　　　　　（指导教师：李东平）

165

第七部分　永不止息的思念

思 念

朱文霞

　　每当我抬头遥望那满天闪烁的群星之时，我的脑海里总是家乡奶奶那慈祥的笑容。

　　那天晚上，奶奶悄声地告诉我："明天你就要与你爸妈去新疆了。"我吃惊道："不会骗我吧！"奶奶低声不语，沉默一阵后又深情地看了看我，那留恋的神情在告诉我是真的。我不敢相信自己的耳朵。我就跑进里屋，痛哭起来。

　　我舍不得离开这生我养我的故乡，舍不得曾经与自己朝夕相处的同学和老师，更舍不得伴随我成长、对我关怀备至的爷爷、奶奶啊！泪水止不住地从我的脸颊滚落下来，继而我失声大哭起来。堂屋里的爸爸、妈妈说话声中断了，只听得爷爷"啪嗒，啪嗒"的抽烟声……直到后来，姑姑等一些亲人、左邻右舍的大妈大婶们热情的话语，才打破这沉闷的局面。屋外你一言，我一语，说得很热闹，大家都来为我们一家送别，都在表达各自的祝福。听着这暖人心窝的话语，我内心更是难以割舍。"露从今夜白，月是故乡明。"霎时，我从心窝里感受到了这句诗饱含的真挚情意。

　　那一夜，我躺在床上辗转反侧，难以入眠。皎洁的月光透过窗户轻盈地洒在我的床上，是那样明，那样亮。不知过了多久，我隐隐约约地听见奶奶蹑手蹑脚地下了床，我听见奶奶悄悄地在厨房里为我和爸爸妈妈准备最后一顿饭。我帮奶奶去做家务，奶奶看了看我说："你就不要帮我了！你赶紧去睡一会吧。"我站在厨房门外，望着奶奶那瘦弱的脊背，眼里噙着泪，我心里默默地对自己说："奶奶你不要再说了，你再说我就更不想离开你们了！"

　　早饭是在沉默中进行的，我的心里更似打翻的五味瓶，酸甜苦辣各种滋味一起涌上心头。饭后，爷爷、奶奶、姑姑都来送我们了，院里一片静

166

寂，只有西沉的月亮依旧发出淡淡的光。我和妈妈、爸爸一出门，车就停在那儿，我急忙说："为什么不能给我多余的时间和奶奶爷爷他们多说些话呢？""娃儿，记得给奶奶来封信啊！"我无奈下，只好挥手向他们道别。伴着车的开动，爷爷、奶奶渐渐地离我越来越远了，泪水又一次无声地从脸上滑落了，眼前越来越模糊了……我坐在车上，无心去欣赏一路上美丽的景色，只有泪水陪伴我。

现在，我时常独自一人在白茫茫的雪中走着，雪随着风儿打着旋儿，掠过我的脸，我只默默地望着远方……

（指导教师：郑全胜）

第七部分　永不止息的思念

"抠门"的奶奶

刘宏晋

　　"抠门"的奶奶？看了这个题目你一定感到分外惊讶吧。人们都说可亲可爱的奶奶、和蔼慈祥的奶奶，我怎么会有一个"抠门"的奶奶呢？让我来慢慢讲给你听吧！

　　我奶奶中等个子，一头银白齐耳的短发还都是爷爷帮着剪的呢，满脸的皱纹，被那架戴了十几年的已经断了一条腿的老花镜（另一条镜腿用线连着耳朵）镜片压着，显得更加苍老，略显驼背的身子整天为我们忙出忙进。

　　因为爸爸妈妈常年在外工作，我和姐姐都是奶奶从小看大的。在和奶奶相处的十几年里，奶奶对自己的吃、喝、穿、戴都非常抠门，她多少年来都舍不得给自己买新衣服，经常是挑拣姑姑们穿剩下的过时衣服，改改再穿；我们穿的袜子只要破个洞就扔在袋子里不穿了，而奶奶总是把这些破洞的袜子收捡起来缝缝补补，再穿在自己脚上；奶奶很少买鞋，她穿的鞋都是她自己亲手缝下的布底鞋；奶奶还常常把我们穿旧的衣服、用旧的书包和文具拿回去送给村里那些贫困的孩子；除了洗衣服，奶奶平时用水从来都是一点一滴地节省着用，平时没事时家里只开一盏25瓦的灯，看电视时家里的灯就要全部关掉；还有每次炒菜用的油锅，她总要用开水冲一冲，然后当汤喝掉……

　　奶奶的过分节俭，让爸爸、妈妈和姑姑们很是不高兴。

　　记得有一次，妈妈去吃同事的喜宴，回来时给奶奶家的"虎虎"（一条黑狗）拿回来许多吃剩下的肉菜和包子，叫奶奶放好，好让"虎虎"慢慢享用。可万万没想到的是，等妈妈再回去看奶奶时，发现奶奶把给"虎虎"带回来的剩饭菜放在锅里热了热当了自己的晚饭。妈妈发了火，一边数落奶奶，一边要把饭菜倒掉，可奶奶却不慌不忙地说："怪可惜的，捡捡还是一顿好饭菜。这么好的饭菜，给狗吃了岂不是太浪费了！"边说还边吃得津津

168

有味。妈妈也真拿她没办法！

　　和奶奶在一起住的时候，我和姐姐每个星期都要洗澡，到冬天洗澡的时候，别说是照明灯，就是浴霸暖灯也要开一两个小时。可是，一到奶奶洗澡时，她什么灯也不开，就借着客厅的微光，在黑蒙蒙的洗手间摸黑洗。记得有一回，奶奶关着灯洗澡，因为我不知道，便顺手关了水闸，奶奶洗澡洗到半路，以为停了水，只好穿了衣服出来了，这使得我很是不理解。

　　其实我奶奶是个退休老干部、老党员，在她退休前一直是劳动局的会计。她说经她手上过的钱也许我们一辈子也见不到。到现在我奶奶和爷爷每月的退休金加起来还有四千多元呢！我经常问奶奶，挣那么多钱，为什么不舍得用在自己身上呢？看你的生活水平都快回到解放前了！奶奶摸着我的头，告诉我说：奶奶那时候穷惯了，节俭过日子的习惯早就养成了，再说你们正在长身体，念书的时候需要很多费用，只有奶奶节省点，才能减轻你们父母的负担。那时，我还听得似懂非懂。

　　后来家里发生的两件事，让我真正懂得了奶奶说的话，也看到了奶奶"抠门"背后的伟大爱心！

　　记得那是我刚上一年级的时候，有一天晚上，我突然听到奶奶的屋里传来了沉沉的哭泣声。我不知道发生了什么事情，但从那天起，我就再没看到奶奶的笑脸。大约过了半年的时间，奶奶那原本黑黑的头发渐渐变成了白发。又过了半年多的时间，爸爸回来看我们了，才又看到奶奶那久违了的慈祥的笑容。后来我才渐渐知道，那年我爸爸因在办案中铁面无私惹下了人，被人栽赃陷害，是在奶奶的竭力帮助和支持下，爸爸才得以洗冤。那一次，奶奶几乎把她所有的积蓄都花掉了，还卖掉了她在县城居住了几十年的老院子。在离开老院子的那一刻，我和姐姐都哭了，因为这里留下了我们许多童年美好的回忆，但奶奶没哭，因为只有奶奶知道，她是在做她应该做的事！

　　后来还有一件事，姐姐想要去忻州最好的六中读初中，妈妈也想让我去忻州最好的小学读书，两个孩子同时上学，需要花一大笔钱。正在爸妈左右为难时，奶奶主动拿出了自己三万元的积蓄，支持我和姐姐上了最好的学校。在奶奶不断的帮助下，姐姐现在又在最好的高中读书。奶奶还经常对我们说："抠谁也不能抠孩子，穷什么也不能穷读书。"

这就是我的奶奶，一个只要能省一滴水，她就省一滴水，能省一度电，她就省一度电，能省一分钱，她就省一分钱，抠着过日子的奶奶；这就是我的奶奶，一个挣着大钱，过着清贫的日子，奉献着爱心的可亲可敬的奶奶！她用她那一言一行影响着我们，教育着我们，让我们真正懂得了勤俭节约、艰苦朴素、扶贫济困是中华民族的优秀美德！

现在我们家的生活条件好多了，住上了大房子，过上了富裕的生活。姐姐在外上高中，我回到了爸爸妈妈身边，按说奶奶该享清福了，可奶奶却说："住楼房太浪费，我还是回老家住平房去，住在那里心踏实，吃自己种的菜和粮食，又环保又省钱，一年连两千元也花不了。空气好，对身体又好，不用花钱看病，省下钱好给孩子们上大学用……"

就这样，奶奶又回去过她那吃水滴点点、喝汤涮油锅、洗澡借余光的"抠门"日子了……

（指导教师：焦亚卓）

爷爷是个老顽童

张采琪

爷爷是个出了名的老顽童，在我们村里，他爱说爱唱爱玩，是个"十八般武艺样样精通"的新一代酷老头。而在我心里，爷爷算得上最可亲的人了，我就喜欢爷爷的"顽"劲儿。

这不，刚吃完饭，爷爷又吆喝起来："今天，我将会向大家讲一个《石猴出世》的故事，谁都不要错过机会啊。"只等每个人都坐稳了，爷爷就开始用洪亮的声音滔滔不绝地讲起来："从前在东海里有座神山……"爷爷越讲越起劲，我是越听越不耐烦。于是，我故意发出"吱吱"的叫声，爷爷终于停了下来，俯下身子仔细寻找发出可疑声的东西，半天也没找着。大家都暗自发笑，谁也没告诉他。忽然，只见他笑容可掬地喊道："看来我的故事讲得太好听了，连老鼠也来为我捧场。"随后便一本正经地清清嗓子，接着讲开了。全家（除爷爷外）哄然大笑。

除了讲笑话外，这老顽童还是十足的追星族呢！比如说前几天，全家人在看电视，当时正播放周杰伦的《菊花台》。爷爷听得入了迷，歌唱完了，他就打开电脑上网搜索周杰伦的《菊花台》，然后坐在电脑前，戴上耳机，跟着节拍又哼又舞的，搞得看到的人都大"骂"不已："呵呵，这个老不正经的……"爷爷听了呵呵一笑："这就叫活到老学到老啊。"唉，全家真拿这个老顽童没办法呀。

爷爷除了唱歌外，玩起来也是有一手的。那次，爷爷见我在踢毽子，就提出要和我赛一场。我得意扬扬地说："没问题！"心想爷爷这么老了，我还怕不能获胜吗？比赛进行得很快，不知是我求胜心切还是怎的，爷爷轻松获胜，我被这突如其来的失败弄得不知所措。爷爷倒春风满面，吹嘘起来："想当年，我可是踢毽子高手啊……"唉，又来了，这老顽童总喜欢提起自已的那些陈年旧事。

　　"老顽童"的名号已经在我家传开了，爷爷也不生气，任由我们这样称呼。爷爷凡事以乐观的态度去对待，所以他每一天都过得开开心心，而这对我家不也是一件好事吗？

（指导教师：吴海建）

永不止息的思念

李　舒

爸爸从以色列回来以后，妈妈的思念集中到了台湾的姨妈一家。扳指算来，姨妈一家搬到台湾已经五年了。

我懂事那年，才知道什么是思念。那是中秋节，大家吃着香喷喷的月饼，欣赏着明月。忽然，妈妈说了一句话："哎，中秋节，大家都团圆着，可端莺（我的姨妈）他们一家子在台湾，却不能回来过节，与我们相聚，真是叫我思念呀！"接着，是一阵沉默。我当时问："妈，什么叫思念？"妈妈抚摸着我的头，说："思念就是心里特别想。你现在还不懂。"说着，妈妈用手抹去了脸颊上的泪珠。

在这五年的漫长岁月里，我们对姨妈的思念永不止息，日思夜想。有时，妈妈就连做梦都会梦到姨妈一家，而睡觉醒来时，却发现枕头湿漉漉的。

173

小时候，我只知道姨妈家在台湾，那儿的风景十分秀丽。只知道，台湾与福建隔着一条大海峡。我还知道，我们不能想去就去台湾，姨妈一家也不能想回家就回家。后来，我听得多了，心中的千言万语不能吐露，太多的话都藏在心中，不能倾诉。我恨这条海峡，恨它为什么要分开我们一家人，为什么要阻止我们相聚。于是，我的心中也有了一种思念。

今年端午节，我们一家喜气洋洋地在一起吃午饭。妈妈剥着粽子，又念叨起来："端莺最爱吃粽子了。听说阿峰（我的表弟）也爱吃……"

"妈，你又来了。"我打断了妈妈的话。

"你呀，还是不懂。你的奶奶教我唱的歌谣，就是思念。"

"你快唱给我听听。"

于是，妈妈放下粽子，吟唱着："艾叶香，香厨房，艾叶香，香满堂。我在家门想亲人，祝福两岸端阳好吉祥……"

唱着唱着，妈妈的眼里闪着晶莹的泪花。我也不禁鼻子一酸，两颗泪珠落在剥开的粽子上，咬进嘴里，咸咸的，涩涩的。

老天没有辜负我们的思念。去年暑假，姨妈一家总算回连江定居了，似乎思念的风筝落下了，心田平静了。中秋节那天，我们和姨妈一家相聚在"海天酒楼"，举杯祝福，欢声笑语，洋溢着团圆的幸福。这时，姨妈的一句话打破了这热闹的场面："真可惜，我的亲人们还有些在台湾还没有回来呢！"

一时间，才收敛的思念风筝又放飞起来。还是爸爸机灵，他举杯说："思念的感情是可以理解的。不止息的思念一定会感动上苍，让我们得以团聚的。正如我们对你们一家的思念……"大家举杯，甜美的果汁流入心里，把思念浇得更加强烈、更加跃动。

思念是春风，撩动着我们每个人的心田；思念是阳光，可以引发我们活泼的盼望；思念更是一种爱，暖暖的，润润的，永不止息……

（指导教师：张新兴）

爱

林洸宇

那，是一个月夜，风吹过树梢，几片叶子掉了下来，显出一片寂静。

而此时的外公却骑着自行车载着生病的外婆朝医院奔去。通往医院的必经之路有一处危险地带——一段拐弯的没有护栏的道路。可现在顾不了那一切，外公在危险地带停了停，深深吸了一口气，又看看外婆，猛然，向前面骑过去。可天有不测风云，道路上，一块突起的石头使自行车朝路外侧的山坡摔去，外公和外婆都摔倒在一边。外公吃力地爬起来，抱起外婆，自行车已掉下山坡。外公大口地喘着气，不幸的是——外公在爬起的过程中被自行车的支脚划了一下，鲜血流了出来。外公咬紧牙关，搀扶着外婆走向医院，两人深一脚浅一脚地消失在黑暗之中……外婆的发烧治好了，可外公手上的伤痕却一直没有痊愈。为此，外婆心痛不已。

为了使自己心理平衡，外婆对天发誓一辈子好好照顾外公。命运与他们开了个天大的玩笑，我出生不久，外公出了车祸，双腿残疾，只能靠外婆来帮自己做事。"屋漏偏逢连夜雨"，不幸的事情接踵而来，外公在洗澡的时候突然昏了过去，脑袋重重地敲在浴缸上。外婆的辛苦更深了一层，每天端屎端尿，而外公则只会乐呵呵地傻笑。每年每月每日，外婆为了外公，手上留下了累累伤痕，含辛茹苦地帮助外公料理生活。

现在，外公走了，可外婆依然把外公的遗照放在家里，每天上一炷香。在香的烟雾里，我似乎看到了外公在笑……

（指导教师：路强）

爷爷的自行车

王 未

随着岁月的推移，爷爷脸上一条条的皱纹越来越明显了，就像又黄又老的黄瓜的纹路。每当看见和颜悦色的爷爷，我总会觉得他那么亲切和慈爱。

我的爷爷七十出头了，两鬓斑白，头顶中间光秃秃的。不管是艳阳高照，还是华灯初上，经常会看见爷爷骑着宝贝自行车，按着铃铛，飘着稀稀拉拉的几根头发，在大街上游荡。这辆破旧的自行车，我再熟悉不过了。从小学一年级开始，我就赖上了这辆自行车，坐在爷爷车子的后座上，搂着爷爷的腰，一边哼着小调，一边往学校赶。

记得有一天放学，外面下起了大雨。狂风卷着暴雨，像无数条鞭子狠命地斜织着。雨越下越大，远处成了白茫茫的一片，什么也看不见。这时，爷爷骑着他的自行车来了！我跌跌撞撞地迎着雨打着小伞，另一只手紧紧攥着爷爷的衣衫，上了车。雨水"啪啪"地敲打在雨伞上。不知怎的，泪水悄悄地盈满了我的眼眶。泪眼中，我探头看见爷爷那熟悉的面孔，只见爷爷满是雨水的脸上掠过一丝笑意，眼角的皱纹像鱼尾似的向两边舒展开来。爷爷偏过头，伸出了他那热乎乎的手紧紧地握着我，充满慈爱地对我说："没关系，快要到家啦！加油！"这几句短短的话语瞬时温暖了我的心窝，一股亲切涌上心头。多么幸福，多么温暖！我拼命擦干了那几滴湿润的眼泪，搂着爷爷回家了。

爷爷的自行车老了，像要沉睡的人一样，但是它的爱意却依然留在我的心中。一段下雨的经历，一份刻骨铭心的爱。

（指导教师：王少秋）

我的"锅铲奶奶"

张鸿辉

我的奶奶,眼睛虽然小,但很有精神。人比较矮,鼻梁也不高,但嗓门很高。

"跑,你再跑,我让你跑,看我不打死你!"奶奶拎着锅举着铲,两眼冒火,像只狮子,扯着高嗓门气冲冲地向我追来……

小时候,我是个捣蛋鬼,老爱闯祸,尽给奶奶添麻烦,而奶奶总是拎着锅举着铲追得我满院子跑。

不知是奶奶大部分时间都在锅台上转呢,还是我老在她做饭时惹她生气,记忆中,奶奶总是拎着锅举着铲地追打我,就好像那就是她的招牌动作。

记得七岁那年,我的胆子大得一点都不知天高地厚,像只小老虎似的,几天不闯祸就手痒痒。一天,我发现树上有许多知了"知了知了……"地叫着,吵得我心烦。我就举着棍子用力地拍打树枝,谁知知了一个也没打下来,反倒掉了一地的青梅。奶奶正在厨房做饭,听到噼里啪啦的声音急忙赶了出来,看见满地的青梅,她用脚趾头想想都能知道是我干的。顿时,她火冒三丈,手里拎着铲子就朝我跑来,我一溜烟跑了。奶奶就开始扯着高嗓门气冲冲地追着我……

姜还是老的辣,我终于还是被奶奶抓到了。她瞪着眼睛气喘吁吁地吼道:"你跑,你跑呀!你为啥不跑了?"我赶忙求饶,并保证打扫干净现场,再也不动一片青梅叶子,她这才放了我。

虽然我经常被奶奶拎着铲子追,但她却从来没有真的用它打过我一下。怎么样?我的"锅铲奶奶"厉害吧!

(指导教师:刘秀训)

177

第七部分　永不止息的思念

外公的甘蔗园

陈志伟

外公的甘蔗园，一年四季的变化都十分大。不过甘蔗园我已经好久没有去了。

春天，外公和外婆都会去甘蔗园里看看。有空的时候，外公更会拿着锄头去园里翻地。地翻得差不多了，他就把种子播撒下去，之后每天都会去浇水，直到甘蔗冒出了小芽，才会减少去园子里的次数。

夏天时，烈日炎炎，外公仍旧坚持去甘蔗园里看甘蔗。这时的甘蔗已不是那个"含着奶嘴"的小苗了，而成了一个顶天立地的小青年。它修长的身子外，穿着一件绿外衣。它是外公用心血"编织"出来的，是外公每周大汗淋漓的成果。外公每周都会去甘蔗园看上一两次，又有哪一次回来头上没有汗珠呢？只有外公能忍受甘蔗园中的高温！

春夏的辛苦换来了秋天丰收的喜悦。一根根甘蔗像结实的小伙子，十分粗壮，这一次，它把青大衣脱了下来，换上了紫色的新衣裳。它长得也更高了，头上还戴着一顶绿色的皇冠。外公望着这一片甘蔗林，开心地笑了。

冬天，外公会挺着他那啤酒肚来给光秃秃的土地盖上一层棉被，防止它冻坏了。

一年四季，外公的汗水都滴在了这片甘蔗地里。一个月，两个月，三个月……外公的岁月都是在这片甘蔗地上度过的。外婆也是"夫唱妇随"，在甘蔗地里时常可以看到他俩一同忙碌的身影。

想起和外公外婆在一起的欢乐时光，想起甘蔗园给我留下的美好记忆，我心中不禁有些微微的感动。什么时候能再回到甘蔗园呢？

（指导教师：刘华伟）

奶奶是本书

徐　锐

　　奶奶一直生活在农村，是位平凡而朴实的农民。早先和爸爸、妈妈回乡下看望奶奶，我一直惊讶老家哪有那么多亲戚。回去的次数多了，我才知道奶奶人缘好，那些亲戚很多是奶奶家相处了几十年的朋友和他们的儿女们。

　　奶奶长得很胖，深邃的目光，始终透着一种亲切和慈祥。因为常年披星戴月地劳作，奶奶的手变得很粗糙，手指头粗粗的，布满了许多细小的裂纹和结了疤的小口子，摸上去，就像摸着一块麻布。奶奶的两鬓全白了，因为两腿骨质增生，走路已经不是很利索。即使这样，奶奶和爷爷仍然种着十几亩农田，每年还要养几季蚕，谈起这些事儿，奶奶的脸上总是会流露出自豪和成就感。

　　奶奶一直是村里的女强人。从爸爸那儿，我总有听不完的故事。"文革"期间，爷爷因为"讲错"了话，受到批斗，奶奶硬是不服气，倔强地找公社理论，硬是让公社给爷爷"平了反"。奶奶年轻时曾是生产队的妇女副队长，是生产队里的生产能手。虽然不识字，可奶奶参加全县的插秧手培训班，凭口述答题和实际操作技能，却得了全县第二名。奶奶很能干，"徐"家大大小小的事务都是奶奶操心，左邻右舍有什么困难，奶奶也是力所能及地关心。

　　听爸爸说，奶奶年轻时最大的遗憾是未能"提干"。因为不识字，奶奶一直是生产队的妇女副队长。在大队决定将没有文化的奶奶破格提拔为"队长"时，农村开始推行"分田到户，责任到人"，生产队解散了。每当我问起奶奶这档事儿，奶奶总是笑眯眯地说："别听你爸瞎说。"

　　今年五一劳动节，我和爸爸再次回乡下。也许听到了我们的汽车喇叭声，奶奶早已站在门口的路上，笑嘻嘻地看着我们。厨房里已经摆满了可口的菜肴。说起烧菜，也是奶奶的拿手绝活儿。但凡村里有红白喜事儿，人家

179

都希望能请奶奶掌勺儿。年岁大了，奶奶才把那些事儿推掉了。五一劳动节前的那天晚上，爸爸打电话告诉奶奶，我们次日回去。奶奶硬是让爷爷打着手电筒，摸索着到河边摘了一篮芦苇叶，回家连夜包起了粽子。等我们进门，粽子已经煮熟了，满屋子飘着芦苇的清香。

爸爸、妈妈曾经几次试图说服奶奶，让奶奶和爷爷搬到城里来住，过清闲的生活，可是奶奶执拗着不同意。她说农村的空气新鲜，串门方便，闲下来会不适应。奶奶是一本书，每读一次都会让我感悟颇深！

（指导教师：张洪涛）

弟弟被你宠坏了

张宇璇

姑妈家有一个弟弟，很少回来。我们全家都想让弟弟回来，这一天，终于到了。

我弟一回家，家里有什么好的都拿给他，我也不例外。

"我回来了，姐，我回来了。"弟弟人未到声先到。"好，姐姐给你拿好吃的。"我立刻从房间里出来去柜子里拿吃的。因为姑妈不让弟弟吃零食，所以回来后弟弟才能吃零食，姑妈发现，我就说我吃不了，让弟弟帮我消化。每次我们都护着弟弟，今天照常。

"给，弟，这是你最爱吃的薯片。"我抱着好几包薯片来到我弟弟面前。"嗯嗯，还是我姐好。"我弟应到。我俩在我的房间边看电视边吃，笑声不断。

"龙龙，别吃零食了，看会儿电视就吃饭了，再吃零食就吃不下饭了。"妈妈又开始说。"就吃这一包，就这一包。"弟弟说道。姑妈听见了，也过来说道："就这一包，跟你姐分点。"姑妈走后，我俩又开了一包薯片，我弟全吃了。当要开第三包时，姑妈走进来："你们怎么吃了两包了，不许吃了。""姑妈，我吃不了，让我弟帮我分点。""不管用了，这种老方法还说，你们非把你弟宠坏不可。""以后不会了，不会了，以后我变个方法吧。"我弟刚吃进去的薯片被笑声喷了出来。"姐，你太逗了。""还不是为你！"我俩又开始说笑。这时姑妈插了句嘴："弟弟都被你宠坏了，好了，洗手吃正餐吧！"

我弟是被我宠坏了，每次都会这样，谁让我是他姐姐呢。其实，我们全家人都可宠着他了，真是"幼吾幼，以及人之幼"呀！

（指导教师：白盛）

生离死别之爱

李元苑

我的姥爷在几年前腿就摔断了，在去年还得了绝症，对全家人来说真是火上浇油啊！

一开始，我以为姥爷住院只是因为发高烧，几个星期才去看一次姥爷（因为学习顾不上）。后来我觉得并不那么简单，因为姥爷从普通病房转到了重症监护室，我还天真地以为姥爷病好了就会出院。结果，在我看到姥爷的最后一眼之后，我发现自己的想法太单纯了。我本来以为在我去看他最后一眼的时候，他的眼神是告诉我不要担心，但后来，我明白了，姥爷是给了我一封"神秘的遗书"。我恨我的妈妈，为什么当初没有把姥爷真实的病情告诉我。而且，在爸爸打电话跟奶奶说姥爷不在的事情之后，我又故作镇定，装作毫不知情地问妈妈姥爷怎么样了，妈妈竟说，姥爷还在医院！我挂了电话之后，泪流满面，痛不欲生。

妈妈以为这样就能让我不再担心姥爷，可事实，不是！在我什么都不知道的情况下，竟有这种亲人不在的消息，还好，我坚持住了。要不坚持，马上就会晕过去。后来妈妈告诉我，姥爷在我小的时候对我特别好，比谁都好。在姥爷走之前，我唯一没有遗憾的，就是一直对姥爷都很孝顺，还见了他最后一面……

我到现在也不敢相信这个事实，一直坚定地认为这是个梦，可是，梦延续了好长时间，让我无法面对。我现在明白了，只有生离死别之时，才真正会明白什么是"人间真情"，才知道一般人无法理解的"埋在心里的爱"。

（指导教师：宋东超）

唇齿相依

李阶瑾

从小我就住在爷爷家，从小就与爷爷相伴，从小……我和爷爷就像"唇"和"齿"一样，相互疼惜，不离不弃。

天气真好，我一个人蹦蹦跳跳地来到校门口。"爷爷！"我大叫着。"哎，快过来。"爷爷微笑着看着我，我高兴地蹦过去，扑到他怀里。"爷爷，我玩一会再回家写作业，行吗？"我问。"好。"爷爷还是笑着说。

我们手拉手来到公园里，我在那疯玩着，爷爷坐在椅子上，哼着歌，摇着扇子，看着我玩。爷爷虽然老了，但是当我停下来看他的时候，他总是笑得像个小孩子。直到夕阳亲吻着楼房时，我们才回了家。爷爷像平时那样，又给我做了一桌子好吃的。

晚上，我老爱踢被子，爷爷就会小心翼翼地给我盖上……时光匆匆，我已经长大了，爷爷的白发多了好多，我也再不是那个拽着爷爷要糖的小女孩了。

我虽然不在爷爷家住了，但是一放学还是会跑到爷爷家写作业，九点十分以后再回家。这样，我还可以帮爷爷、奶奶干家务。爷爷身体不好了，腿脚不好使了，我帮爷爷按摩，给他读一读报纸，说说我们班的趣事。晚上爷爷快九点就入睡了，现在反倒他爱踢被子，我也学爷爷小心翼翼地给他盖在身上，也学会了像爷爷一样带着他去散步……

一如既往，我爱爷爷，爷爷爱我。我多么希望会一直这样下去，直到永远，永远。

（指导教师：赵梅）

183

第七部分 永不止息的思念

给你讲最美的故事

陈子璇

在我的记忆中，我最喜欢的人是我的姥爷。

我的姥爷是一位十分和蔼可亲的老先生，他不像姥姥那么凶，也不像妈妈那样啰唆。姥爷总是笑眯眯的，从来也不会骂我，更不会打我。当我犯了错误的时候，他也只是安慰我，轻声地告诉我怎样去做。而且，姥爷平时还喜欢讲笑话给我听，既幽默又风趣。

姥爷有一头扎人的白发和零零星星的胡子，一双眼睛笑起来让人有春风拂面的感觉。姥爷原来是搞机械的，终日在乱哄哄的环境中工作。现在退休了，耳朵也带上了助听器，他常说："人老了，耳朵也不好使喽！"

有一次，我看见姥爷在沙发上休息，想到他已不多的岁月，又想到以前，姥爷多么和蔼可亲，心里面不禁充满了悲伤，眼泪差点掉下来。

我一直喜欢看神话故事，也喜欢讲给别人听，而姥爷便是我最忠实的"听众"。有一次，我坐在姥爷身边，投入地讲着那些奇奇怪怪的故事。回过神来，姥爷已经睡着了。于是，我轻轻地推了他一下。姥爷一下子睁开眼睛，笑着对我说："璇璇，再给姥爷讲个故事吧！姥爷想听了。姥爷可爱听了！"我接着又讲起了自己的那些小故事，又回忆起儿时立誓要做个作家的理想。同时，心里还在想：不知道还能再给姥爷讲几次故事了。回头看看姥爷，他又躺在沙发上睡着了。

在您最后的这些日子里，姥爷，我要给您讲那世上最美、最动人的故事。

（指导教师：石秀伟）